JINZHU CUICAN
GUANGXI DEBAO
TONGKUANG ZHI GE

金珠璀璨

——广西德保铜矿之歌

广西百色市诗联学会
广西德保铜矿有限责任公司　编著

传递铜矿『好声音』，释放企业『正能量』
献礼中华人民共和国成立七十周年暨百色起义九十周年

广西人民出版社

图书在版编目（CIP）数据

　　金珠璀璨：广西德保铜矿之歌 / 广西百色市诗联学会，广西德保铜矿有限责任公司编著 . — 南宁：广西人民出版社，2019.11
　　ISBN 978-7-219-10203-9

　　Ⅰ．①金…　Ⅱ．①广…　②广…　Ⅲ．①诗集—中国—当代 Ⅳ．① I227

　　中国版本图书馆 CIP 数据核字（2017）第 029631 号

责任编辑　周月华
责任校对　王　霞
封面设计　陈瑜雁
责任排版　梁少芳

出版发行　广西人民出版社
社　　址　广西南宁市桂春路 6 号
邮　　编　530021
印　　刷　广西民族印刷包装集团有限公司
开　　本　889mm×1240mm　1 / 32
印　　张　10
字　　数　184 千字
版　　次　2019 年 11 月　第 1 版
印　　次　2019 年 11 月　第 1 次印刷
书　　号　ISBN 978-7-219-10203-9
定　　价　46.00 元

本书编委会

主   任：刘序畅

副 主 任：黄正却   陆大经   陆永成

委   员：雷奇文   李民浩   黄图功   罗必本

            李达权   农国建   李永孔   唐星善

            吴邦强   韦红柳   覃丰魁   卢朝线

            岑建国   姚茂勤   高九江   朱伦欢

主   编：刘序畅

副 主 编：雷奇文   黄正却   陆大经   陆永成

编   辑：李民浩   黄图功   岑建国   高碧云

            张启侯   贝荣邦   邓积宝   罗新苗

序

雷奇文

　　兹值中华人民共和国成立七十周年、百色起义九十周年及广西德保铜矿建矿五十三华诞之际,《金珠璀璨——广西德保铜矿之歌》一书由广西人民出版社正式出版。这发端于我们遵循党的文艺为人民服务、为社会主义服务的方针,应邀到广西德保铜矿采风创作。经过深入生活,我们切身体验到铜矿工人艰苦创业、积极建设社会主义的爱国热情。这是很好的素材,有力地激发了我们的创作冲动。这些作品展示了广西德保铜矿的奋斗历程及铜矿工人的精神风貌,发挥了文艺的社会作用,为建设有中国特色社会主义大厦添砖加瓦。

　　在采访过程中,我们深切感受到铜矿的创业精神和光辉业绩。在铜矿公司党委的领导下,经过五十多年的艰苦奋斗,竟把一片荒山野岭征服,点石成金,建成广西矿冶工业的一个中型企业,成为广西最大的铜矿生产基地、国家级绿色矿山。2009年,广西德保铜矿第八次党代会以来，公司党委以"三抓"调整工作思路、以"四新四化"改进工作措施，大力实施企业"三步走"发展战略，推动了企业的可持续发展。特别是近年来一再刷新铜金属产量最高纪录；同时生产大量铁精矿、锡金属、铝酸钙粉及副产品金、银、硫，还有锗、镓、铟等稀有金属，企业面貌取得翻天覆地的变化。正是"昔日山川沉睡梦，今朝机器响声隆。钻机深掘千余丈，铜块闪光映笑容"（张启侯《开采铜矿》）。铜矿坚持安全第一的原则，2010年达到非煤矿山国家安全标准化建设三级标准；2011年完成安全监测监控"六大系统"建设，成为广西非煤矿山安全生产标杆企业。多年来，广西德保铜矿先后荣获"安全生产先进企业""广西经济效益百强企业""重合同守信用单位""百色市优秀企业""广西优秀企业""广西民族团结先进单位""全国安康杯竞赛'优胜单位'"等称号。这些荣誉来之不易，都是广西德保铜矿广大职工汗流浃背、无私奉献、一步一个脚印、从无到有辛勤劳动的结果。千言万语，赞美歌颂，确实是实至名归。正如黄朝东《战旗映日红》的颂词："春夏秋冬情烂漫，风流事业古龙峰。千军万马奋蹄力，四海五湖济世穷。滚滚黄金堆锦绣，频频捷报建奇功。东风永沐新铜矿，高唱弦歌日日红。"

五十多年来的辉煌业绩，首先归功于中国共产党的英明领导。公司党委认真贯彻落实上级的各项方针政策，发动群众、全心全意地依靠广大职工办好企业。以强大的凝聚力，发扬"团结奋进、快速发展"的精神，抓管理创效益，抓项目促发展，抓民生保稳定，充分发挥管理和技术优势。坚持正确的政治导向，严格按照中央统筹推进"五位一体"总体布局和协调推进"四个全面"战略布局，开展企业改革创新，从实际出发，面向市场需求，与时俱进，谋划全局，做出决策，稳步推进各项工作，使公司的面貌日新月异，出色地完成了生产经营任务和国有资产保值增值。近年来，公司党委、纪委认真贯彻党风廉政建设，落实"两个主体责任"，组织开展"群众路线""三严三实""两学一做"等系列学习教育，全面从严治党，加强公司党委的领导作用。这是企业发展的重要保证。诗集里热情颂扬公司党委坚强的领导班子，将其比做"领头雁""火车头"，十分形象贴切，毫不夸张。正如郭正学的《沁园春·德保铜矿》："……看领头新雁，年轻力壮，清正廉洁，树立新风。勤政为民，鞠躬为国，效益频增硕果丰……"

习近平总书记在全国科技创新大会上特别强调，要"在我国发展新的历史起点上，把科技创新摆在更加重要位置，吹响建设世界科技强国的号角"。习近平总书记还提出要"弘扬创新精神，培育符合创新发展要求的人才队伍"。广西德保铜矿认真学习贯彻习近平总书记的系列重要讲话精神，坚持"科技兴矿"，注重人才建设，拥有一支规模宏大、专业技术精湛、实力雄厚、结构合理、素质优良的创新人才队伍，使企业具有强大的竞争力和发展潜力。公司依靠这支队伍，弘扬创新精神，狠抓技术改造，先后完成浮选流程、放矿自动化作业线、pH值微机控制、陶瓷过滤机脱水及磨矿系统的技术改造。李民浩的《重科技》正是对这种创新精神的赞颂："驾驭科技力不凡，虎添双翼越重山……在握金匙通四极，英才伟业共天宽。"依靠科技工作人员和广大干部职工共同努力，大力实施"四新四化"建设，攻坚克难，着力推进新技术，发展新工艺，实现新跨越。企业拓展子公司业务，延长产业链，建设多元化矿业集团，多业并举，打开新局面，打造铜、铁、锡、非冶金铝和钢结构五大产业，加快经济转型发展，扩大对外贸易，切实提高经济效益。覃民军的《盘活资源》中写道："高瞻远瞩上巅峰，未雨绸缪路畅通。整合新区圈矿点，拓宽业务壮铜城。春风激发原姿态，时雨催生新阵容。优化资源强后劲，金花灿烂耀苍穹。"诗中充分反映了企业的新思路、新行为和新气象。

人民是历史的创造者，是推动社会主义建设事业的力量源泉，广西德保铜矿遵循党的群众路线，依靠职工群众办好企业。建厂以来，在广大干部职工中涌现了一批先进典型模范人物，他们不仅积极工作，成绩卓著，而且以他们的先进事迹和感人的爱矿爱企业精神，充分发挥典型的示范作用，引领着全体职工，激发工作的积极性、主动性和创造性，把他们的智慧和力量凝聚起来，以推进全矿的各项工作，取得更大的成果。诗集收录的作品热情地赞颂了"八大感动铜矿人物"。里面有艰苦创业的带头人，有奋不顾身的"铜矿铁人"，有企业升级的领跑者，有任劳任怨的"老黄牛"，有全国冶金工业战线的劳动模范，有认真负责的"红管家"，有井下的"大力士"，有敢向"龙王"挑战的钢铁英雄。这些光辉的形象，在作品中栩栩如生。他们是企业的顶梁柱，是德保铜矿艰苦创业的见证人，是广西冶金工业的功臣，历史的丰碑永远镌刻着他们的芳名。

民生是人民幸福之基，社会和谐之本。习近平总书记指出："让老百姓过上好日子是我们一切工作的出发点和落脚点。"广西德保铜矿党委一直以来都遵循党中央和习总书记的指示，坚持以民为本、以人为本的执政理念，抓好"民生工程"，切实改善民生以推动企业的发展，不断深化工资改革，增加就业机会，抓好土地复垦，保护环境，建设绿色矿山；投入资金完成矿区路面硬化、休闲广场、离退休活动中心、矿部食堂、幼儿园、矿区美化及棚户区改造等工程。目前职工宿舍楼群高耸，广场水榭凉亭花木相映成趣，矿区生活环境大大改善。书中把这样美化的环境称作"南国桃源",毫不过分。黄图功在《观铜矿冲口新生活区》做了生动的描绘:"楼房座座耸溪边,道侧花坛百卉鲜。岸上玉栏连碧阁,池中清液映蓝天。夜来星下霓虹闪,晨至林间众鸟喧。笑语欢声频入耳,安居乐业胜神仙。"职工生活安定,矿区环境优美,人们心情舒畅,职工精神饱满,愉快地投入生产,更有力地推动了企业的改革和发展,意义十分重大。

广西德保铜矿历史悠久,文化积淀丰厚,此诗文集略举荦荦大端,挂一漏万,在所难免。文学作品着重表现作者最深刻的感受,从一斑见全豹,如此而已。目前广西德保铜矿全体干部职工正在抢抓发展机遇,深化改革,勇敢面对挑战,以昂扬的斗志和崭新的姿态,积极地投入战斗。众志成城,相信在不久的将来广西德保铜矿创建一个现代化的矿业集团的目标定能实现!

在复兴梦的正能量引领下,在社会主义文艺大花园里,广西德保铜矿全体干部职工齐声唱响广西德保铜矿之歌。

是为序。

(注:序作者系百色学院副教授、百色市诗联学会名誉会长)

目　录

一　红旗导向

陈　军

德保铜矿 ……………………………………（002）

黄图功

德保铜矿赞 …………………………………（003）

矿井中枢 ……………………………………（004）

领头雁 ………………………………………（004）

黄华司

赞铜矿 ………………………………………（005）

何剑锋

采风德保铜矿 ………………………………（006）

李恒波

新班新貌（三首）…………………………（007）

凌树勇

赞德保铜矿 …………………………………（009）

德保铜矿党委书记印象 ……………………（009）

雷奇文

　正能量 ···（010）

　火车头 ···（010）

林　权

　赞歌一曲 ···（012）

李民浩

　新班子 ···（013）

　凝心聚力 ···（014）

苏文斌

　员工心声 ···（015）

张启侯

　韶山学习感赋 ···（016）

　忆江南·赞铜矿 ···（017）

王世繁

　德保铜矿（新声韵） ·····································（018）

二　辉煌业绩

陈　军

　德保铜矿 ···（020）

郭正学

　沁园春·德保铜矿 ·······································（021）

　德保铜矿行吟（八首） ···································（022）

黄江洪

赞德保铜矿 ………………………………………（027）

黄世章

访德保铜矿感赋 …………………………………（028）

赞德保铜矿 ………………………………………（028）

再访德保铜矿 ……………………………………（029）

艰苦历程 …………………………………………（029）

矿山巨变 …………………………………………（030）

黄图功

德保铜矿 …………………………………………（031）

黄国柱

励精图治 …………………………………………（032）

铜城乐 ……………………………………………（033）

黄永荣

鹧鸪天·德保铜矿之歌 …………………………（034）

黄日满

忆江南·德保铜矿 ………………………………（035）

风采 ………………………………………………（035）

黄朝东

战旗映日红（五首）……………………………（036）

临江仙·铜城颂 …………………………………（038）

忆王孙·又游铜城 ………………………………（039）

黄永承

    咏德保铜矿 ···································· （040）

刘序畅

    矿山采风有感（新声韵） ················· （041）

李民浩

    回顾 ··· （043）

罗绮光

    齐天乐·德铜礼赞 ····················· （044）

    网游 ··· （045）

陆大经

    忆江南·德保铜矿赞（八首） ········· （046）

李丽光

    德保铜矿之歌 ··························· （048）

农乐琼

    钦甲行纪 ································· （049）

覃民军

    有感地质队旧址 ······················· （050）

唐远文

    创基守业难 ····························· （051）

    卜算子·进亿何须拒 ·················· （052）

    永遇乐·追思 ··························· （052）

杨文高

    赞德保铜矿 ····························· （053）

张启侯

开采铜矿 …………………………………………（054）

忆江南·德保铜矿颂（四首）………………………（055）

三 科技巡航

黄文焕

滤机神 ………………………………………………（058）

黄图功

安全生产调度指挥中心 ……………………………（059）

李民浩

重科技 ………………………………………………（060）

唐远文

智蓝环保赞（两首）…………………………………（062）

刘序畅

科学发展党旗红 ……………………………………（064）

四 英雄赞歌

黄江洪

一家三代铜矿情 ……………………………………（066）

黄文焕

矿工雄 ………………………………………………（067）

黄图功

铜矿三代人礼赞 …………………………………（068）

感动铜矿人物赞（八首）………………………（069）

黄国柱

矿工礼赞 …………………………………………（072）

黄日满

忆江南·敬铜矿人 ………………………………（073）

忆江南·德保铜矿 ………………………………（073）

铁人精神（新声韵）……………………………（074）

江城子·颂十佳职工 ……………………………（074）

黄　健

铜矿采矿工 ………………………………………（075）

黄金星

德保铜矿功不磨（两首）………………………（076）

黄永荣

赞铜矿党委书记曹文华（三首）………………（077）

李恒波

风雨历程 …………………………………………（079）

雷奇文

感动铜矿人物赞（十首）………………………（080）

李树欢

中国强 ……………………………………………（084）

莫志军

矿山工人最美 ·· （085）

林 权

铜矿工人赞 ·· （093）

"感动铜矿人物"吟草（四首） ······················ （094）

覃永康

劳模本色永不褪——王廷军 ······················ （096）

"他是个好人"——材料库保管员黄如亲 ·········· （097）

"大力士"——覃福庭 ······························ （097）

敢向"龙王"挑战的人——廖建林 ··············· （098）

苏文斌

采矿工人颂 ·· （099）

唐远文

卜算子·女铜人赞 ································· （101）

赞一家三代铜矿人 ······························· （101）

感动铜矿人物的赞歌（八首） ··············· （102）

许光华

三赞"感动铜矿"人物 ·························· （107）

张启侯

赞采矿工人 ······································· （109）

周继焜

《铜矿诗韵》序 ································· （111）

安全工作意义大 ································· （111）

采矿工人多豪迈 …………………………（112）

掘进 ………………………………………（112）

采矿 ………………………………………（113）

出矿 ………………………………………（113）

颚破 ………………………………………（113）

球磨 ………………………………………（114）

浮选 ………………………………………（114）

感慨万千 …………………………………（115）

中秋节庆团圆 ……………………………（115）

有口皆碑赞铜矿 …………………………（116）

欢天喜地过春节 …………………………（116）

铜矿跨入新时代 …………………………（117）

贺铜矿新公司成立 ………………………（117）

赞公司领导 ………………………………（117）

感激不尽 …………………………………（118）

巴马东兰游感 ……………………………（118）

五　安全生产

黄国柱

地宫茶暖 …………………………………（120）

茶韵 ………………………………………（120）

黄华司

候罐室 ……………………………………（121）

矿山春风 …………………………………（122）

黄永荣

安全生产第一 ……………………………（123）

雷奇文

安全生产 …………………………………（124）

李民浩

重安全 ……………………………………（125）

覃民军

兴安典范 …………………………………（126）

苏伯玲

赞广西德保铜矿（六首）………………（127）

张启侯

推行安全标准化（三首）………………（131）

六 南国桃源

陈 军

铜矿春色 …………………………………（134）

黄江洪

绿色矿山颂 ………………………………（135）

黄世章

东河放意 …………………………………… （136）

安全生产调度中心（新声韵） …………… （136）

相思林休闲中心 …………………………… （137）

红山矿区纵目 ……………………………… （138）

相思林探赋 ………………………………… （138）

黄文焕

铜山美 ……………………………………… （140）

黄华司

铜城春意 …………………………………… （141）

黄永荣

矿区美化放光彩 …………………………… （142）

在德保铜矿场宴会上口占 ………………… （142）

黄国柱

诗画铜城 …………………………………… （143）

铜城夜色 …………………………………… （144）

黄永承

矿区喜见园林化 …………………………… （145）

黄图功

渔歌子·绿色矿山——德保铜矿 ………… （146）

鹧鸪天·和谐德保铜矿 …………………… （146）

安全宣传长廊 ……………………………… （147）

铜矿休闲广场 ……………………………… （147）

黄专华

颂国家级绿色矿山德保铜矿 ······················ （149）

雷奇文

桃源何处是 ······························· （150）

李民浩

重绿化 ································· （151）

梁宗权

德保铜矿抒怀 ···························· （152）

李恒波

铜城遣怀 ······························· （154）

罗绮光

鹧鸪天·新矿新村 ························· （155）

鹧鸪天·村企共建 ························· （155）

梦幻家园 ······························· （156）

绿色名片 ······························· （156）

莫志军

贺德保铜矿职工喜造福廉租新居（二首） ············ （157）

苏文斌

钦甲美（新韵） ·························· （158）

唐远文

莺鸟啭勾芒 ····························· （159）

红山生活新区见闻 ························· （160）

破阵子·举觞 ···························· （160）

卜算子·宣传长廊 ……………………………（161）

许光华

德保铜矿赞 ……………………………………（162）

张启侯

矿山美乐园（二首）……………………………（163）

铜矿公司领导深入乡村清洁工作点感赋（三首）……（164）

有感于清洁工程 ………………………………（165）

刘序畅

天钟文秀时代楷模 ……………………………（166）

七　资源开发

邓仁聪

清平乐·德保铜矿 ……………………………（168）

清平乐·钦甲探宝 ……………………………（168）

黄朝东

浣溪沙（两首）…………………………………（169）

感怀 ……………………………………………（170）

黄文焕

聚宝盆·赞兴宏润矿业有限责任公司（新声韵）…（171）

黄图功

赞绿色矿山 ……………………………………（172）

雷奇文

尾矿废水 ………………………………………………（173）

覃民军

盘活资源 ………………………………………………（174）

咏尾渣库 ………………………………………………（175）

咏铜矿石 ………………………………………………（176）

八　民生保障

黄江洪

铜城人心声 ……………………………………………（178）

黄国柱

洞里乾坤 ………………………………………………（179）

黄图功

观铜矿冲口新生活区 …………………………………（180）

红山旧生活区遗迹 ……………………………………（181）

雷奇文

民生建设 ………………………………………………（182）

李民浩

重民生 …………………………………………………（183）

重娱乐 …………………………………………………（184）

罗绮光

为了明天 ………………………………………………（185）

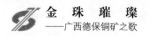
鹧鸪天·民生乐曲 ························ （186）

乔迁 ································· （186）

唐远文

红山矿区旧宅游 ······················ （187）

刘序畅

红城壮美百色千姿 ····················· （188）

九　多元铜矿

杨鹤楼

重返德保铜矿 ························ （190）

铜山礼赞 ··························· （192）

刘序畅

德保铜矿（藏头诗二首） ················· （195）

雷奇文

扩展规模 ··························· （197）

黄文焕

多元化 ···························· （198）

十　人才建设

黄文焕

班子强 ···························· （200）

黄华司

铜矿工人 ……………………………………………（201）

赞铜矿工人 …………………………………………（201）

唐远文

赞铜工 ………………………………………………（202）

张启侯

赞北大纵横专家（三首　新声韵）………………（203）

赞新班子 ……………………………………………（204）

十一　智蓝公司

黄江洪

智蓝公司 ……………………………………………（206）

黄图功

赞智蓝环保科技有限责任公司 ……………………（207）

聚合氯化铝赞 ………………………………………（208）

张启侯

智蓝公司（五首）…………………………………（209）

忆江南·赞智蓝环保科技公司 ……………………（211）

与田阳县政府签订开发非冶金铝项目感赋 ………（211）

走出铜业 ……………………………………………（212）

沁园春·赞智蓝环保科技有限责任公司 …………（212）

双喜临门 ……………………………………………（213）

铜矿公司全力打造"广西田阳智蓝环保科技有限

责任公司"感赋 ················ （214）

十二　车间新貌

郭正学

德保铜矿六、八分矿抒怀 ············· （216）

黄江洪

选矿车间见闻 ················· （217）

李恒波

六号矿区（二首） ··············· （218）

罗绮光

记忆 ···················· （219）

苏文斌

八号矿井 ··················· （220）

黄永承

铜矿六、八号井赞 ··············· （221）

刘序畅

参加广西楹联学会成立大会并与诸君交流《金珠璀璨》

出版事宜 ··················· （222）

十三　楹联撷英

李民浩

拟德保铜矿矿区大门联 ……………………………… （224）

拟东河休闲广场联 …………………………………… （224）

黄永荣

德保铜矿楹联 ………………………………………… （225）

铜矿象棋室 …………………………………………… （226）

铜矿会议室 …………………………………………… （226）

黄专华

为德保铜矿廉租住房落成撰联 ……………………… （227）

王世繁

联赞德保铜矿 ………………………………………… （228）

十四　散文集萃

邓仁聪

开拓者的回顾 ………………………………………… （230）

李民浩

绿满铜城 ……………………………………………… （234）

德保铜矿赋 …………………………………………… （237）

红山赋 ………………………………………………… （239）

黄世章

相思林探趣 …………………………………………… （241）

黄江洪

铜城礼赞 ………………………………………（244）

苏文斌

德保铜矿散记 …………………………………（246）

陈明显

情怀铜矿 ………………………………………（248）

十五　企业综述

铿锵铜城写春秋 …………………………………（250）

后记 ………………………………………………（257）

一／红旗
导向

陈 军

女，广西灵山县人，灵山诗词学会副会长。

德保铜矿

百强①守信善谋筹，

管理精心获奖稠。

系统巧装监测器，

安全先进耀明眸。

①百强：指全国有色采掘"百强"企业，广西德保铜矿排
在第57位。

男，1943年生，广西德保县人。中华诗词学会会员，百色市诗联学会常务副会长，《百色诗联》副主编。著有《碧水吟》《青山集》《彩云歌》。有1298首诗词发表于国内书刊。曾参加国内诗词大赛，获特等奖24次，金奖134次，一等奖91次。

德保铜矿赞

同德同心意气昂，

挥毫泼墨谱华章。

多姿企业豪情荡，

绿色矿山声誉扬。

宝地源源呈吉瑞，

人才济济创辉煌。

累累硕果因开拓，

铜矿将来更炽昌。

矿井中枢

——安全生产调度指挥中心

显像荧屏井下连，

运筹帷幄保安全。

现场规范高标准，

生命工程谱锦篇。

致力指挥勤敬业，

专心调度破难关。

为民为国生财宝，

铜矿员工绽笑颜。

领头雁

领航头雁率群飞，

越岭翻山头不回。

万险千难无阻挡，

攻坚克隘凯歌归。

男，壮族，字古榕，号篇山樵夫。1950年生，广西德保县人。大专毕业，讲师、一级书法师。20世纪70年代开始发表诗文作品，多次参加全国和世界中华诗词大赛并获有关奖项，现为中华诗词学会会员，中国诗词楹联学会会员，百色诗联学会理事，德保云山诗社副社长、《云山诗刊》副主编。与李恒波先生主编《云山放歌——广西德保古今诗词选集》，该书已出版发行。

赞铜矿

不闻铜臭重呼声，

善政由来惠众生。

革旧布新金果灿，

仁风正气荡铜城。

何剑锋

男，汉族，1944年8月出生，广西凌云县人，大学本科学历，中共党员，中学高级教师。曾任中小学教师、教育委员会办公室主任、教育局副局长、县委办公室及县政府办公室主任、县长助理，百色市教育局办公室副主任、教科所副所长、职教科副科长。担任过《百色教育》《诗乐苑》副主编，著有论文集、散文集、诗词集，是百色市诗联学会理事。

采风德保铜矿

誉满神州入百强，

领军铜矿历沧桑。

以人为本施弘策，

科技高尖引凤凰。

改革集成采选冶，

创新管理纪纲张。

梳妆出品西洋岸，

拼搏扬帆正远航。

男，壮族，1950年生于广西德保县足荣镇老坡村。中专学历。1970年12月参加工作，系中华当代文学学会理事，广西诗词学会、南宁市诗词学会会员，百色市诗联学会副会长，德保云山诗社社长。诗作入编国家正式出版物，近年来参加全国中华诗词大赛多次获奖。与黄华司先生主编《云山放歌——广西德保古今诗词选集》，该书已出版发行。

新班新貌（三首）

（一）

新班接力势凌云，

饮水思源不忘根。

实干真抓兴矿业，

排忧解难见丹心。

（二）

新楼替代旧房影，

矿部工区亮化明。

赶考民生题最重，

一砖一瓦总关情。

（三）

铜源滚滚现荧屏，

追赶同行勇创新。

科技助威鹏展翅，

一帆风顺远驰名。

凌 树 勇

男，壮族，1946年6月出生，广西靖西市人。广西大学哲学系毕业。系靖西市诗联学会会长，百色市诗联学会顾问，广西诗词学会会员。有诗词、散文、论文在《南方日报》《广西日报》《广西侨报》《广西电力报》《南宁晚报》《对联》《老年知音》《湛江文艺》等各级报刊发表，作品多次获奖。

赞德保铜矿

新老中青一股绳，

披肝沥胆献丹忱。

互尊互重殚精智，

上下同心利断金。

德保铜矿党委书记印象

好个当家领路人，

温文尔雅似儒生。

胸中自有成竹在，

举重若轻亏转盈。

男，1931年出生。广西田阳县人，北京师范大学毕业。曾任中小学教师、广西右江民族师专教务处处长、副教授。系中华诗词学会会员、百色市诗联学会名誉会长。著有诗词楹联选《涓埃集》及《四壁居诗词选》。

正能量

高瞻远瞩巧筹谋，

雁阵长征靠领头。

万众一心声势壮，

连年硕果报丰收。

火车头

火车加速靠车头，

班子更新巧运筹。

管理英明增效益，

资源整合展嘉猷。

民生富足人心稳，

干部贤能素质优。

产值指标乘火箭，

一年飞上一层楼。

林权

　　男，1957年8月出生于广西荔浦县。1975年12月到百色汽车总站工作，后调德保汽车站工作。中共党员，曾任德保汽车站党支部组织委员、德保县第八届党代会代表。德保客运站副站长等职。系德保县云山诗社社员，《右江日报》通讯员，常有诗文发表在《云山诗刊》《百色诗联》和《右江日报》。

赞歌一曲

年富力强新班子，

实干善谋受众夸。

携手员工求发展，

振兴铜矿为国家。

男，1938年生，广西武鸣县人。大学中文本科毕业。为广西百色学院副教授，曾任县高完中校长兼县政协副主席。系广西文艺理论家协会、民间文艺家协会、广西诗词学会、中国楹联学会会员，百色市诗联学会常务副会长，《百色诗联》副主编，百色市老年大学诗词教师。已出版诗词联集《雏声集》，散文集《草芥集》、《草芥集》续集等。

新班子

二〇〇九新班子，

赞语纷纷作好评。

遍访深思凝众志，

多方鼎力重民生。

欢心爆发冲天劲，

高效频传报捷声。

笑脸相迎春意荡，

彤红谢信叙亲情。

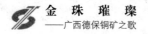
凝心聚力

参天大树在根深，
事业辉煌凭核心。
优质核心堪聚众，
人心凝聚建功勋。

男，1943年生于广西德保县一个裁缝工人家庭，1964年考入广西民族学院中文系。1968年毕业后，在凌云县教书十七年，在德保县经商十七年。常在工作之余操笔草拟句子，并汇成手抄本以自赏。

员工心声

把党性铸进骨里，
把工人装进心里，
把福利写入每一户的生活里。
把工作做在前头，
把艰苦扛在肩头，
把荣誉锁在抽屉。

跟困难掰赢手腕，
与时间赌赢筹子，
同落后说声拜拜。
用万吨矿砂和汗液，
融进每年365张日历；
用400米的传声筒，
向地心道声谢谢。

张启侯

男，壮族，1955年1月出生，广西德保县人。高中文化，政工师。曾任燕峒乡党委副书记，广西德保铜矿派出所所长、矿长助理、矿办公室主任兼广西万汇铜业有限公司监事会监事、采掘工区书记、68号矿矿长、总经理助理，广西田东锦达矿业有限公司总经理。现为德保云山诗社社员。

韶山学习感赋①

回眸历史意连绵，

党委关怀照顾全。

接送转车情意重，

参观考察课题鲜。

人和事顺韶山院，

鸟语花香盛世天。

教育感恩难得有，

此心陶醉似神仙。

①在建党91周年期间，铜矿党委组织党员到韶山参观学习吟诗感赋。

忆江南·赞铜矿

谋发展，开启远航船。乘风破浪奔快道，更新理念赶超前。快乐饮甘泉。

新思路，民利挂心间。立志跨行创大业，承前启后谱新篇。好戏喜连绵。

王世繁

男，1963年5月生，广西凌云县人。1985年7月毕业于广西供销学校百色分校财会专业。助理会计师。在《会计学家》《中国茶叶》等15家刊物上发表学术论文多篇，作品曾获奖并入选大型理论专著，是《古今凌云》一书撰稿人之一。

德保铜矿（新声韵）

德高望重第一流，

保障安康竞赛优。

铜业民生抓稳定，

矿山效益占鳌头。

二 辉煌业绩

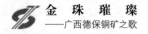

女，广西灵山县人，灵山诗词学会副会长。

德保铜矿

金光闪亮耀山城，

铜矿辉煌八桂名。

德保精铜潜力好，

创新发展业繁荣。

男，壮族，广西德保县燕峒乡人。大专文化。为德保县妇幼保健院职工，德保云山诗社副社长。曾有诗文在报刊上发表。

沁园春·德保铜矿

　　祖国南疆，德保南边，钦甲①境中。那崇山峻岭，富藏铜矿，多年开采，生意兴隆。遐迩闻名，高声赞誉，奉献无私几代同。乘改革、开放东风劲，塑造群雄。

　　更新理念峥嵘。创绿色、矿山呈丽容。看领头新雁，年轻力壮，清正廉洁，树立威风。勤政为民，鞠躬为国，效益频增硕果丰。挥诗笔，我搜肠刮肚，欲赞词穷。

　　①钦甲：广西德保铜矿所在地的村名，即德保县燕峒乡钦甲村。

德保铜矿行吟（八首）

（一）

夜幕降临游矿区，

全新理念赞新班。

荧屏闪亮广场地，

井底安全系脑间。

爱矿如家倾奉献，

以人为本重休闲。

清幽恬适相思苑，

远道来宾不愿还。

（二）

彩灯璀璨市街般，

疑是公园却矿山。

劳动艰辛谁道苦，

下班舒服把家还。

一身汗水全清洗，

满面春风尽悦颜。

人命关天轻不了，
安全二字在心间。

（三）

相思苑里起相思，
天上弯弯初月时。
采矿山中无异想，
连情心底有佳期。
收工以后才能见，
约会凌晨亦不迟。
任务完成当面礼，
安全生产告君知。

（四）

注重安全标准化，
文明开采赖当家。
更新理念人为本，
建设园林树又花。

空气新鲜环境美，

人文发达口碑夸。

翻开历史真悠久，

四十六年今最华。

（五）

夜色苍茫人气旺，

矿山热闹似街坊。

健身妇女随歌转，

对弈棋男走象忙。

莫道灯明山愈静，

谁知井底闹非常。

罐笼升降争分秒，

昼夜不停挖矿床。

（六）

拇指高高翘上天，

标明自信责担肩。

胸怀坦荡迎风雨，

脚步铿锵走壑川。
干部带头开局面，
员工努力谱新篇。
闻名遐迩中心矿，
开采年年美誉传。

（七）

供应职工工作餐，
关怀备至不心寒。
安全第一抓生产，
福利增加助解难。
不是开明谁想到，
得知免费令人欢。
务实开拓新班子，
理念不同真好官。

（八）

铜矿风光难道尽，
题材广泛好吟诗。

同行榜样当无愧，

标化安全树大旗。

明智新班抓发展，

勤劳员工垫宏基。

拧绳一股千钧力，

推动车轮正向移。

黄江洪

　　男，1948年生，广西靖西市人。大专文化。原靖西县壬庄乡初级中学教导主任，现为中华诗词学会、广西诗词学会、南宁市诗词学会会员，百色市诗联学会副会长，靖西市诗联学会常务副会长。个人传略及代表作被收入《中国当代诗词艺术家大辞典》《吟苑英华》《八桂四百年诗词选》等多种书。著有诗词集《莲塘吟草》。

赞德保铜矿

采风铜矿组团来，

胜景迷人眼界开。

事业成功多妙策，

民生改善好安排。

施行技巧新工艺，

创建高科大品牌。

展望前程花似锦，

赞歌一曲表情怀。

黄世章

男，1944年生，广西百色市右江区永乐乡人。历任教师、学区党支书，某国有煤矿秘书、副书记、矿长等职。百色市诗联学会副会长，有900多首诗词入编各种刊物和诗集，其中多首作品获奖。个人传略入编多部辞书。

访德保铜矿感赋

流连最是矿山间，

铜业情怀鉴水连。

百强队里多丰采，

灿烂征程又举鞭。

赞德保铜矿

如海腾波流翠山，

铜床从此把身翻。

图强意志多坚固，

奋发情怀总向前。

关注民生承接力，
推行技改正扬帆。
相思林里兴歌舞，
共赋人生价值观。

再访德保铜矿

又是红枫复艳时，
重观铜矿展英姿。
前程路上加鞭勇，
豪创财源永不弛。

艰苦历程

石峰到处尽荒蛮，
斩棘披荆战暑寒。
露宿深林三百日，
挥锄平巷一千关。

炮声惊处风烟滚，

机械鸣时铁铲遄。

采面当头陶壮志，

倾情矿海总扬帆。

矿山巨变

林里高楼齐探天，

明灯彩映画窗间。

绞车龙口频升降，

选厂工场动不闲。

"果老①"流来添富水，

红山漫锁贮金园。

标杆旗下群英志，

奋发讴歌又向前。

①果老：地名，在靖西市境内，与广西德保铜矿邻近。

黄图功

男，1943年生，广西德保县人。中华诗词学会会员，百色市诗联学会常务副会长，《百色诗联》副主编。著有《碧水吟》《青山集》《彩云歌》。有1298首诗词发表于国内书刊。曾参加国内诗词大赛，获特等奖24次，金奖134次，一等奖91次。

德保铜矿

宝藏深埋几亿年，

东山日暖露真颜。

铜金闪耀千家富，

贸易兴隆万户欢。

喜看乡村华厦美，

欣闻城镇坦途宽。

小康歌曲同声唱，

社会和谐笑语酣。

黄国柱

　　男，壮族，1964年7月生，广西德保县城关镇人，大学文化。中学一级教师，现在德保初中任教。喜欢文学，爱好诗词，是中华诗词学会、中国楹联学会、百色市诗联学会会员。2011年4月参加中华诗词第二届诗国杯大赛，荣获创作奖，诗作被载入诗国社编、华龄出版社出版的《诗国诗典2011》中。

励精图治

风雨兼程五十春，

峥嵘岁月苦耕耘。

铜城崛起依良策，

矿业中兴赖政仁。

集腋成裘谋福利，

以民为本定乾坤。

和衷共济开新境，

饮水常怀挖井人。

铜城乐

铜城入百强，
管理觅新方。
疾苦胸中挂，
康宁脑上装。
矿兴企业喜，
房建小区香。
善改情无限，
家和岁月长。

男，壮族，1929年生，广西德保县人，中师文化，中共党员。1953年参加工作，历任中小学教师，县教研室研究员，县水利指挥部办事员，县政协机关业务科科长，广西诗词学会会员，百色市诗联学会和靖西市诗联学会理事。三十年来，先后发表436首诗。个人传略已被收入《中国诗人大辞典》等多种辞书。

鹧鸪天·德保铜矿之歌

滴翠青山宝贝多[①]，

机声日夜震红陀。

标杆企业名基地，

电脑明监上网罗[②]。

铜业旺，绩辉煌，

干群住进锦云窝。

莲城庆贺荷花绽，

鉴水欢腾泛碧波。

①广西德保铜矿拥有干部职工678人，其中有3名研究生，5名高级工程师，36名专业技术人员，是广西最有竞争力和最有发展潜力的铜矿生产企业。

②广西德保铜矿设置了安全监督监控六大系统工程，是广西非煤矿山安全生产标杆企业。

男，壮族，广西田东县人，中专学历。1960年参加工作，先后在工商等部门任职至退休。从小爱好诗词，现为百色市诗联学会会员。

忆江南·德保铜矿

风雷荡，骀荡变山隈。日就月将新面貌，高楼满目一排排。万众喜眉腮。

风　采

南国边陲一璨花，

经风沐雨发新芽。

根深叶茂直标上，

万丈更新竞彩霞。

黄朝东

　　男，1950年9月出生，广西靖西市同德乡人。大专学历，中学一级教师。先后在小学、中学、中专任教。1991年任靖西县志办主任，主持修编《靖西县志》。现为靖西市诗联学会理事、百色市词联学会会员、南宁市词联学会会员、广西诗词学会会员。先后在各种刊物发表诗词近300首。

战旗映日红（五首）

（一）

春夏秋冬情烂漫，

风流事业古龙峰。

千军万马奋蹄力，

四海五湖济世穷。

滚滚黄金堆锦绣，

频频捷报建奇功。

东风永沐新铜矿，

高唱弦歌日日红。

（二）

铜都镶在古龙冈，

荏苒春秋景不常。

野岭荒丘成画阁，

穷山僻壤变康庄。

沉沉巷道通金殿，

灿灿山花耀壮乡。

若问蓬莱何处是，

龙山龙石胜天堂。

（三）

卅六寿辰金鼓中，

繁花硕果誉声隆。

高科争艳谋发展，

企业腾飞舞大风。

精矿盈盈兴特色，

楼房座座亮霓虹。

与时俱进新图景，

熠熠铜珠再庆功。

（四）

铜锁洞开百战多，

为民为国未蹉跎。

生辉画卷矿城秀，

一路丰收一路歌。

（五）

卅六年勋业，

春秋矿史篇。

芬芳溢硕果，

铜苑笑开颜。

临江仙·铜城颂

滚滚右江流圣水，浪淘铜矿英雄。艰难创业未成空，条条开富路，代代战旗红。

郁郁古龙今巨变，小康道沐春风。振兴西部喜相逢。鹏程千万里，锦绣万花中。

忆王孙·又游铜城

铜城漫步激情浓，当代愚公架彩虹，滚滚金涛硕果丰。壮心酬，百铸辉煌永建功。

黄永承

　　男，壮族，1945年出生，初中文化。爱好灯谜、格律诗词，1995年加入右江谜社，2000年学习格律诗词，为德保云山诗社社员。

咏德保铜矿

闻名遐迩夸铜矿，

业绩辉煌贡献多。

丰富矿藏供采炼，

腾飞经济奏笙歌。

职工住宿楼如栉，

超市来回客似梭。

经济群贤挥妙笔，

宏图大展畅吟哦。

刘序畅

　　男，汉族，祖籍湖南，1964年生于广西乐业县，在职研究生学历。曾任中共百色市委对外宣传办公室（市人民政府新闻办公室）主任、中共百色市委宣传部副部长、百色市文化和新闻出版广电局局长、党组书记。现任百色市文化广电和旅游局党组书记、局长。系中华诗词学会会员、广西诗词学会理事、百色市诗联学会名誉会长、百色市思想政治工作研究会常务副会长、中国新闻摄影学会会员、政协百色市第三届委员会委员、百色市第四届人大代表。已在国内各级各类刊物和有声媒体发表诗词、散文、论文、中短篇小说及新闻与摄影作品1000余篇（幅）。

矿山采风有感① （新声韵）

几度采风入井深，

诗联墨客畅哦吟。

煤尘不染矿工肺，

铜粉能安仁者心。

探水雷达输准讯②，

窥山电脑报佳音③。

老区企业腾飞日，

百色经验寰宇钦④。

　　①写于全国煤矿职业安全健康经验交流会暨全国煤矿尘肺病防治现场会在百色召开前夕。

②由桂林电子科技大学和广西右江矿务局研制开发，经国家安监总局批准的全国首批超千米 TVLF 煤矿探水雷达和矿井无线通信设备于 2011 年 11 月 29 日在百色市正式投入批量生产，年产分别达 1 万台和 100 万台。该设备已在 2011 年的广西合山 7·2 煤矿透水事故和黑龙江鸡西煤矿透水事故抢险救援中取得良好效果。它的正式投产使用，为防范我国中小煤矿透水事故起到积极的作用。

③广西最大的铜矿生产基地和铜采选冶联合企业——广西德保铜矿有限责任公司，狠抓企业改革和整顿工作，强化内部管理，注重科技创新和管理创新，先后荣获"无假冒伪劣商品制售企业""广西经济效益百强企业""广西优秀企业""广西民族团结进步先进集体"等近 20 项荣誉称号，并被评为中国行业 100 家最佳经济效益企业之一。

④近年来，以广西右江矿务局、百色矿务局、广西德保铜矿有限责任公司等为代表的企业在生产经营、科学管理等方面，以人为本，安全至上，不断创新，成效显著，形成了在全国具有典型意义的"百色经验"。其核心就是全力推进矿井机械化、信息化、安全质量标准化，实现向安全、环保、高效、现代化的生产方式转变，促进企业从资源主导型向科技创新驱动型迅速转变。

男，1938年生，广西武鸣县人。大学中文本科毕业。为广西百色学院副教授，曾任县高完中校长兼县政协副主席。系广西文艺理论家协会、民间文艺家协会、广西诗词学会、中国楹联学会会员，百色市诗联学会常务副会长，《百色诗联》副主编，百色市老年大学诗词教师。已出版诗词联集《雏声集》，散文集《草芥集》、《草芥集》续集等。

回　　顾

艰辛创业好英雄，

爱矿爱山情独钟。

岩石如钢心志锐，

骄阳似火党旗红。

千层井底开珍宝，

四季车间献至忠。

屡报超前新产品，

飞来贺信送春风。

罗绮光

　　男，壮族，1934年生，广西巴马县人，中共党员，大学文化。历任中学教师，新闻干事，巴马县委秘书，中共百色市委机关报《右江日报》记者、副总编辑等职。广西作家协会会员。著有散文集《敝帚集》，诗集有《五岭吟墨》《福彦诗抄》等。诗词作品在全国多家报刊发表并被收入广西《八桂四百年诗词选》。个人生平传略被收入《广西民族文学大词典》《广西记者名录》等多部辞书。

齐天乐·德铜礼赞

　　物华宝地红山矿，明珠高悬光涨。移草笼渣，瓷机引进，举国堪称居上。四旬接棒。正倾锐前行，心齐高岗。图业兴科，铜城绿誉倚天降。

　　幢幢安厦立碧，看清新景致，人欢情盎。调度联屏，井途畅亮，硐室无灾险抗。诗家词匠，竞游笔龙蛇，律声摇漾。多体群媒，八仙争逐浪。

网　游

有负秋风约，
网游铜矿村。
彩屏开气象，
壮锦养精神。
山阵诸侯列，
人居一色新。
文图赏心醉，
想见以身临。

陆大经

男，1946年生，广西靖西市人，中共党员，大学本科毕业。历任小学教师、百色地区教育局教研员、百色民族师范学校高级讲师、右江民族师专及百色学院副教授等，现为百色学院教学督导员、百色市诗联学会会长、广西诗词学会顾问、中华诗词学会会员。著有诗词300余首。

忆江南·德保铜矿赞（八首）

（一）

铜城好，宝藏耀南天。创业边山逾卅载，领军业界喜连年。勇越百强关。

（二）

铜城好，矿建谱宏章。"四化四新"谋发展，一心一意创辉煌。业绩更昭彰。

（三）

铜城好，英杰善当家。危难何曾移壮志，高科治矿绽奇葩。前景蔚无涯。

（四）

铜城好，效益暖人心。增产节支传统继，扭亏盈利报佳音。创意贵如金。

（五）

铜城好，生产更安全。事故预防凭调度，综合治理有安监。矿业树标杆。

（六）

铜城好，技改上工程。去旧更新催产量，节能降耗术尖精。企业正飞腾。

（七）

铜城好，处处为民生。悯老怜贫抓实事，扶危济困见真情。增进党群盟。

（八）

铜城好，兴企聚贤才。培训提高兼引进，加工采选戏连台。继往更开来。

男，广西容县人。容县县底镇石龙诗社社长，中华诗词学会及广西诗词学会会员，著有诗集《李丽光诗词手稿》。

德保铜矿之歌

先进球磨设备新，

安全生产总为民。

辉煌业绩群楼美，

科技魁书八桂春。

男，广西德保县人，中学高级教师。广西师范大学历史系毕业后，先后在天等高中、原百色地区联合师范学校、百色高中、百色市教科所工作。是广西中小学乡土教材《广西社会》第七册（百色版）和《可爱的百色》重大历史事件的主笔，偶有小作在报刊上发表。2004年退休后，与其他人组织创刊《诗乐苑》，自娱自乐。

钦甲行纪①

"大跃进"时到钦甲，

"土法炼钢"把树伐。

滚滚浓烟蔽红日，

狼藉深谷出废渣。

辛卯随队访故地，

铁铜物矿走天涯。

改革开放千里马，

科学发展万事佳。

　　①笔者前后两次亲临广西德保铜矿驻地——钦甲，所见所闻，感慨万千，特赋小诗。

覃民军

　　男，壮族，1936年12月生，广西田阳县人。中专文化，中共党员。1954年参加工作，历任田阳、德保、百色县乡（镇）县党政领导职务，1997年在百色市国土局退休，2010年3月当选百色市诗联学会第六届理事会理事，2011年8月受聘为百色市诗联学会副会长。

有感地质队旧址①

别致平房栉比连，

流香遗泽话前贤。

青山让路追金脉，

大雨淋头立钻杆。

铁手掀开珠宝地，

赤心捧出艳阳天。

铜鹰万里凌云海，

难忘罗盘一线牵。

　　①原广西第二地质队（现称四队）于20世纪60年代经过3年普查勘探，为广西德保铜矿提供丰富资源储量报告，功不可没。时隔半个世纪，余有幸访问该队钦甲旧址，看到保存下来排排陈墙旧瓦的平房，再现当年地质工作者艰辛与奉献的风采。情不自禁，喜吟颂诗。

男，广西百色市人。系百色市诗联学会副会长，所著的诗词曾刊登于各大报章杂志，著有诗集《风雨月正圆》《梦之缘》。

创基守业难

师兄年少拓红山，

对镜方知鬓已斑。

扁担在肩挑画阁，

铜花映雁落芦湾。

来回幽隧忙开矿，

进出车间冶炼丹。

华鬓镜中成秃顶，

创基守业两其难。

卜算子·进亿何须拒

歌入九天云，振奋人心语。班子群谋拓矿山，企业适春雨。鉴水匀自流，大浪淘沙去。库满铜丹价位高，进亿何须拒？

永遇乐·追思

一段韶华，紫莺重梦，常惦故地。鉴水绵流，蛙声越鼓，唱尽平生事。芳山纷燕，壮妹安在？雁盼福音欣寄。荧屏里，芳丝皓鹤，边城待娇深意。

红山会战，旆旌升帐，搅得朝阳沉醉。玉女挥锤，壮哥钻井，创业凌云志。飘香青角①，熏黄粟子，绿色楼堂含翠。最堪爱，芳年为你，铜城景致。

①青角：指可以入药或做香料的八角。

男，1937年10月生，广西靖西市人，原百色地区教育局办公室主任。

赞德保铜矿

四十六年一瞬间，

几番洗礼志弥坚。

更新理念迎头上，

改进经营别有天。

经理从容谋发展，

职工虎劲不虚传。

铜城上下同心结，

伊甸长留锦绣篇。

张启侯

　　男，壮族，1955年1月出生，广西德保县人。高中文化，政工师。曾任燕峒乡党委副书记，广西德保铜矿派出所所长、矿长助理、矿办公室主任兼广西万汇铜业有限公司监事会监事、采掘工区书记、68号矿矿长、总经理助理，广西田东锦达矿业有限公司总经理。现为德保云山诗社社员。

开采铜矿

沉睡地下几千年，

六六①开采铜矿先。

前人掘井美名在，

后人饮水要思源。

卅九春秋转眼过，

风风雨雨创业艰。

优良传统须牢记，

继往开来永向前。

昔日山川沉睡梦，

今朝机器响声隆。

①六六：指1966年建矿。

钻机深掘千余丈，

铜块闪光映笑容。

干部工人齐奋战，

目标计划赶超中。

为国为民献力量，

铜矿工人气势雄。

忆江南·德保铜矿颂（四首）

（一）

铜城好，旧貌变新颜。巧造花园今吐艳，情缘居室梦鲜妍。喜讯满天传。

（二）

铜城好，建设美家园。注重安全标准化，创优品质体形纤。和睦更空前。

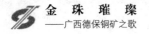

（三）

铜城好，理念赶超前，井下汗挥荧屏现，巷中茶沸小杯连。快乐饮甘泉。

（四）

铜城好，绿色矿山妍。四季如春铜岭恋，热情似火矿区牵。幽梦意缠绵。

三　科技
巡航

男，壮族，1935年10月出生于广西田阳县，中共党员。1950年6月参加工作，1990年6月在中共百色市委宣传部退休。现任百色市诗联学会副会长。已出版诗词专集《韵里情怀》。

滤机神①

心灵貌美技能强，

一眼功夫辨莠良。

滤尽杂糅成上品，

辉煌业绩冠同行。

①陶瓷过滤机是国内最先进设备。

黄图功

　　男，1943年生，广西德保县人。中华诗词学会会员，百色市诗联学会常务副会长，《百色诗联》副主编。著有《碧水吟》《青山集》《彩云歌》。有1298首诗词发表于国内书刊。曾参加国内诗词大赛，获特等奖24次，金奖134次，一等奖91次。

安全生产调度指挥中心

中枢控制闪屏光，

镇定指挥生产忙。

井外井中协调好，

只缘科技来巡航。

李民浩

男，1938年生，广西武鸣县人。大学中文本科毕业。为广西百色学院副教授，曾任县高完中校长兼县政协副主席。系广西文艺理论家协会、民间文艺家协会、广西诗词学会、中国楹联学会会员，百色市诗联学会常务副会长，《百色诗联》副主编，百色市老年大学诗词教师。已出版诗词联集《雏声集》，散文集《草芥集》、《草芥集》续集等。

重科技

驾驭科技力不凡，

虎添双翼越重山。

陶瓷过滤增含量，

主扇风机减耗关。

尾矿回收成宝库，

降硫开发引银川。

深层采掘攻难度，

系统工程树标杆。

爆破低声无浊气，

指挥监控保平安。

智蓝[1]初创全新品,

兴盛[2]同舟现壮观。

在握金匙通四极,

英才伟业共天宽。

[1]广西德保铜矿在田阳创办智蓝科技有限公司,可试产铝酸钙粉等6大类新型环保产品。

[2]广西德保铜矿与田阳县投资开发有限公司成立兴盛矿业有限公司,共同整合开发铝土矿资源,扩展企业规模。

唐远文

　　男，广西百色市人。系百色市诗联学会副会长，所著的诗词曾刊登于各大报章杂志，著有诗集《风雨月正圆》《梦之缘》。

智蓝环保①赞（两首）

（一）

敢壮山青旧岁辞，

寒云飞渡闲鸥嬉。

春风袅袅湖光早，

澄水悠悠日落迟。

氯化铝城兴环保，

剂粘工艺技精持。

蓝天碧海鱼龙跃，

驿路云峰爽拔时。

①智蓝环保：指广西德保铜矿属下的智蓝环保科技公司。

（二）

爽肺宣风景物幽，

促蚕牵梦到田州。

智蓝环境垂金柳，

铝酸钙粉绘画楼。

夜静碧空凉桂月，

晨嚣澄水润田畴。

精研产品求诚信，

高效安全企业优。

刘序畅

　　男，汉族，祖籍湖南，1964年生于广西乐业县，在职研究生学历。曾任中共百色市委对外宣传办公室（市人民政府新闻办公室）主任、中共百色市委宣传部副部长、百色市文化和新闻出版广电局局长、党组书记。现任百色市文化广电和旅游局党组书记、局长。系中华诗词学会会员、广西诗词学会理事、百色市诗联学会名誉会长、百色市思想政治工作研究会常务副会长、中国新闻摄影学会会员、政协百色市第三届委员会委员、百色市第四届人大代表。已在国内各级各类刊物和有声媒体发表诗词、散文、论文、中短篇小说及新闻与摄影作品1000余篇（幅）。

科学发展党旗红

欣逢盛会舞箫笙，

百色千姿任纵横。

边塞家园臻富裕，

中枢地带衍文明。

衣冠幸福环球诩，

生态和谐举世惊。

跨越赶超凭魅力，

老区憧憬赛蓬瀛。

四　英雄赞歌

黄江洪

男，1948年生，广西靖西市人。大专文化。原靖西县壬庄乡初级中学教导主任，现为中华诗词学会、广西诗词学会、南宁市诗词学会会员，百色市诗联学会副会长，靖西市诗联学会常务副会长。个人传略及代表作被收入《中国当代诗词艺术家大辞典》《吟苑英华》《八桂四百年诗词选》等多种书。著有诗词集《莲塘吟草》。

一家三代铜矿情①

乐在铜城扎下根，

投身矿业献青春。

全心为国寻珍宝，

赤子情怀三代人。

①该诗歌颂的是矿工邓华枝一家三代爱矿如家的事迹。爷爷邓华枝已退休；儿子邓松发原任矿安全副总监，安全环保部部长，也刚办退休，多次评为先进工作者，十佳职工、优秀共产党员；孙子邓积宝，现为公司党办副主任、组织人事部副部长。

男，壮族，1935年10月出生于广西田阳县，中共党员。1950年6月参加工作，1990年6月在中共百色市委宣传部退休。现任百色市诗联学会副会长。已出版诗词专集《韵里情怀》。

矿工雄

傲雪凌霜斗志雄，

地心取宝泣苍龙。

红山①碧岭金花漫，

造就南天第一铜。

注：①广西德保铜矿开采的第一块矿石出自红山。

黄图功

　　男，1943年生，广西德保县人。中华诗词学会会员，百色市诗联学会常务副会长，《百色诗联》副主编。著有《碧水吟》《青山集》《彩云歌》。有1298首诗词发表于国内书刊。曾参加国内诗词大赛，获特等奖24次，金奖134次，一等奖91次。

铜矿三代人礼赞

远离故土到山乡，

铜矿情怀寄意长。

开采金银经雨露，

选筛铜铁历风霜。

争优敬业多尊重，

爱岗文明受表彰。

三代一家同奉献，

忠心耿耿为隆昌。

感动铜矿人物赞（八首）

领头羊曹文华

创业艰辛日夜忙，

当年劈岭抗风霜。

指挥群众修河道，

带领工人建厂房。

战天斗地豪气壮，

扶危济急美名扬。

身先士卒同甘苦，

立下丰功百代芳。

铜矿铁人董乐通

寒冬腊月冷飕飕，

跳进池①中去抢修。

吃住井间争献宝，

铁人声誉万年留。

①池：指广西德保铜矿选厂浓缩池。

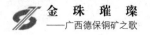

企业升级领跑者王成初

以身作则创新天，

升级成功赖杰贤。

基础设施趋尽善，

辉煌业绩耀人间。

"老黄牛"黄世告

攻坚有道竞风流，

注重安全政绩优。

井下卅年勤掘矿，

众人爱戴老黄牛。

劳动模范王廷军

任劳任怨志刚强，

敬业精神永不忘。

乐于扶贫人赞颂，

劳模风范众传扬。

好人黄如亲

责任心强保管员，

德高正直洁如莲。

账清物好人夸奖，

岗位平凡写锦篇。

"大力士"覃福庭

累脏重活竞身先，

不畏艰难苦作甜。

任务完成人喜悦，

矿山产值又增添。

敢向"龙王"挑战的人廖建林

井中堵水水停流，

敢叫"龙王"低下头。

多岗辛劳皆尽力，

风中雨里写春秋。

黄国柱

男，壮族，1964年7月生，广西德保县城关镇人，大学文化。中学一级教师，现在德保初中任教。喜欢文学，爱好诗词，是中华诗词学会、中国楹联学会、百色市诗联学会会员。2011年4月参加中华诗词第二届诗国杯大赛，荣获创作奖，诗作被载入诗国社编、华龄出版社出版的《诗国诗典2011》中。

矿工礼赞

缆绳一晃入"龙门"，
智取"山神"满地金。
技改先行兴企业，
民生同步暖人心。
安全效益齐相济，
福林休闲全共拼。
万险千难浑不怕，
井中默默铸忠魂。

男，壮族，广西田东县人，中专学历。1960年参加工作，先后在工商等部门任职至退休。从小爱好诗词，现为百色市诗联学会会员。

忆江南·敬铜矿人

　　风雷激，风雨共舟来。岁月春秋终不悔，战天斗地满情怀。破雾扫烟霾。

忆江南·德保铜矿

　　风雷励，锦绣别心裁。巧手湘丝精细绣，针添虹彩丽无埃。宏愿百花开。

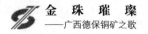
铁人精神（新声韵）

克难攻坚万道关，

献身忘我不平凡。

全心全意忠职守，

滚打摸爬为矿山。

江城子·颂十佳职工

十佳事迹赋诗吟，感铭人，献青春。不断追求，进取显精神。公而忘私勤恳恳，尘满面，却欢欣。

埋头大干默无闻。创高新，产出频。暑去寒来，为矿尽操心。排险安全牢记住，身表率，慎查巡。

男，1988年6月出生，广西田东县林逢镇人。2013年毕业于广西百色职业学院。曾就职于广西德保铜矿有限责任公司，系公司行政驻百色办事处干事。

铜矿采矿工

青山秀里透流泉，

珠泪点点下玉岩。

条条细蔓爬红蚁，

串串篱笆近峭渊。

一身包裹携金铁，

为探灵脉洞宝源。

身把书山十年卧，

一朝思报矿山缘。

耳濡目染铜城史，

男儿豪气逼云天。

不问神人不拜教，

凛凛布衣壮河山！

黄金星

男，1949年1月18日生，广西靖西市龙临镇大而村江吉屯人，历任百色市委党校行政科长等职，现任百色市诗联学会副秘书长。著有《开怀歌》《乱枪集》等。

德保铜矿功不磨（两首）

（一）

古铜脸谱黄颜色，

燕洞筑成安乐窝。

发奋图强迎挑战，

矿工奉献唱新歌。

（二）

先进楷模当底本，

"十佳"①事迹数来多。

坚持实干勇开拓，

铜矿振兴功不磨。

① "十佳"：指年度选出的十佳职工和十佳协议工。

黄永荣

　　男，壮族，1929年生，广西德保县人，中师文化，中共党员。1953年参加工作，历任中小学教师，县教研室研究员，县水利指挥部办事员，县政协机关业务科科长，广西诗词学会会员，百色市诗联学会和靖西市诗联学会理事。三十年来，先后发表436首诗。个人传略已被收入《中国诗人大辞典》等多种辞书。

赞铜矿党委书记曹文华（三首）

（一）

铜矿开山领导人，

以身作则带头行。

披荆斩棘铜山岭，

破浪扬帆赤子情。

遍访深思林众志，

多方鼎力重民生。

欢心爆发冲天劲，

高效频传报捷声。

（二）

富矿蕴藏百丈深，

技高一筹是铜人。

为公流汗无言语，

服务人民献一生。

（三）

为民开矿献青春，

无畏无私铸矿魂。

笑脸相迎春意荡，

梳妆出口献终生。

男，壮族，1950年生于广西德保县足荣镇老坡村。中专学历。1970年12月参加工作，系中华当代文学学会理事，广西诗词学会、南宁市诗词学会会员，百色市诗联学会副会长，德保云山诗社社长。诗作入编国家正式出版物，近年来参加全国中华诗词大赛多次获奖。与黄华司先生主编《云山放歌——广西德保古今诗词选集》，该书已出版发行。

风雨历程

卅六春秋铸壮魂，

铜光闪闪照乾坤。

流传多少英雄事，

业绩辉煌史册铭。

雷奇文

　　男，1931年出生。广西田阳县人，北京师范大学毕业。曾任中小学教师、广西右江民族师专教务处处长、副教授。系中华诗词学会会员、百色市诗联学会名誉会长。著有诗词楹联选《涓埃集》及《四壁居诗词选》。

感动铜矿人物赞（十首）

曹文华赞

斩棘披荆建矿山，

身经百战勇争先。

心连群众如兄弟，

共苦同甘克万难。

董乐通赞

特殊材料炼成钢，

雪水寒冰自敢当。

不怕眼前拦路虎，

心中一杆大旗扬。

王成初赞

头羊领路勇无前，

万众同心快着鞭。

企业兴隆终晋级，

打开局面创新天。

黄世告赞

忠心耿耿老黄牛，

苦练周身硬骨头。

奋战攻坚全力赴，

不排艰险不甘休。

王廷军赞

默默辛劳树典型，

北京荣耀会群英。

不捡轻柔专挑重，

敬业奉公身力行。

黄如初赞

材料库中红管家，

尽心尽责人人夸。

秉公办事不松手，

账目分毫也不差。

覃福庭赞

力能扛鼎气如牛，

重担千斤也不愁。

不怕艰难和苦累，

冲锋猛干在前头。

廖建林赞

"龙王"怒吼水狂流，

勇士临危不缩头。

工种繁难多面手，

红心技术两兼优。

三代矿工

胸怀壮志值青春，
打造桃源勇献身。
一旦分工司重任，
终生乐业扎深根。
高超技术传儿子，
理想宏图托幼孙。
三代愚公齐勠力，
全家长做矿山人。

科技人员

精诚酬祖国，
不怕野山深。
设计甘枵腹，
攻关费苦心。
挥锤能识宝，
点石可成金。
灯下汗如雨，
首都奏捷音。

李树欢

男，壮族，1969年9月出生，广西德保县人，大专文化，桂林理工大学经济管理专业毕业。现为广西德保铜矿有限责任公司68号矿职工。喜欢阅读古诗词并进行学习创作。

中国强

强国力量长城证，

浩荡天宫翅宇征。

科技振兴人奋起，

中华儿女梦圆成。

男，1952年出生，广西忻城县人。广西大学自学考试哲学专业毕业，中共党员，经济师职称。1979年3月调入广西德保铜矿工作，曾担任铜矿双瓦工区党支部副书记、矿机电车间党支部副书记、矿机关第2党支部书记，矿改制责任公司后任机关党支部书记、公司绩效考核办公室主任以及矿劳动服务公司经理等多种职务。多次荣获先进生产工作者、优秀共产党员、优秀党务工作者称号。

矿山工人最美

当年，

我的父亲，

他是革命一块砖，

哪里需要哪里搬。

他

听从祖国召唤，

来到了这里，

地下藏着金山，

又荒无人迹的，

广西德保铜矿。

面对这片巍峨绵延、

峰峦回转的莽莽高山荒野，

他

与许许多多满腔热血的开拓者，

安营扎寨，

开山建矿。

当辛勤的汗水回报一车车黝黑亮晶晶的

神奇宝藏时，

父亲铿锵豪迈地说：

扎根矿山，

我认定了！

当一辈子的矿山人，

真值！

太值得了！

斗转星移，

辛勤劳作一辈子，

双手布满老茧的父亲年前退休了，

我

接过了父亲手中的风钻机，

我也成为，

热血沸腾的80后、90后新一代矿山主人！

当我穿上崭新帅挺的工装,

携带劳动安全防护物具,

在矿山老师傅的带领下,

站在既陌生又极富吸引力的矿井口旁时,

我感慨万分,

洒脱自豪!

面对幽深的、

欢声不断的、

往返繁忙输出地下宝藏的矿井,

作为矿山新一代接班人,

我暗下决心,

用自己的青春热血,

描绘绚丽多姿的精彩年华,

我深深地感悟到:

德保铜矿公司,

物华人杰,

这颗璀璨的深山明珠,

必将喷薄而出,

穿越绵延不断的山山水水,

为红城百色添彩,

为壮乡广西增辉，

为和谐社会献力！

如今，

我走进了这宽敞豁朗，

自由放飞理想，

又具有几分神秘的矿井。

在这里，

曾经有过：

老一辈矿山人的辉煌荣耀，

曾经有过：

我们父辈无私挥洒的辛勤汗水……

我想，

作为一名新矿工，

我要像日月星辰一样，

每天，

准点奔赴在工作巷道里，

每天，

稳当操作机器劳作。

作为一名矿工，

自己肩负的责任：

就是建设矿山!

开发宝藏!

有一天,

当我完成任务带着满脸的汗水下班走出矿井时,

一位美丽贤惠的姑娘含情脉脉朝我挥手走来。

她对我说:

矿工大哥你真帅!

你们不怕苦不怕累,

你们是时代的骄傲。

此时的我,

忽然感觉到,

当一位矿山工人真荣耀!

是的,

人乃血肉之躯,

曲直酸甜,

人生旅途在所难免。

辛苦劳累,

更是咱矿山人的孪生兄弟姊妹。

可谁让咱身处宝地,

脚踩着金山银山呢?!

有时，

我们也感到十分累，

有时，

我们真想一觉睡他个三天三夜，

可矿山生产需要我们，

轰鸣的机器声在召唤着我们，

握惯风钻机的双手时时催促着我们！

加把劲，

坚持住，

坚持到底就是胜利！

采矿就需要有人受苦，

就需要有人受累，

就需要有人吃得苦，

就需要有人挺住累。

我们矿工，

是经济建设百花绽放中的一朵。

开采我们矿山宝藏，

是国家建设的大事，

我们成为矿工的一员，

我们感到无比骄傲和自豪！

工友们，

伙伴们，

当金光闪闪的矿石，

源源不断地输送到祖国经济建设火红的熔炉中，

伴着机械的轰鸣声，

人们跳起欢快的舞蹈。

当燃烧的激情，

换来了万家灿烂的灯火彩虹时，.

你们说，

还有什么理由，

让咱们再说后悔？

你们说，

还有什么荣耀，

比这，

让咱们矿工陶醉？

……

德保铜矿巍峨的竖井，

高高耸立在大山里。

像竖井一样扎根矿山的兄弟们，

我们是矿山的主人！

是创造财富的一员！

实现中国梦的开拓者！

兄弟们，姐妹们，

有一个高亢洪亮的声音，

震荡在崇山峻岭，

那就是，

矿工真美！

矿工最美！

除腐囊，

誉信坚。

务实民心拥，

当仆百姓荐。

执着追求不畏险，

实践马列添新篇。

承传接力稳掌舵，

天红遍。

林权

　　男，1957年8月出生于广西荔浦县。1975年12月到百色汽车总站工作，后调德保汽车站工作。中共党员，曾任德保汽车站党支部组织委员、德保县第八届党代会代表。德保客运站副站长等职。系德保县云山诗社社员，《右江日报》通讯员，常有诗文发表在《云山诗刊》《百色诗联》和《右江日报》。

铜矿工人赞

风风雨雨历艰辛，

劈岭开山取宝珍。

铜矿工人多壮志，

为民为国献青春。

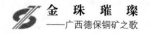

"感动铜矿人物"吟草（四首）

艰苦创业带头人——曹文华

红日胸中抱，

铜山井井通。

排忧先士卒，

众志贯长虹。

铜矿"铁人"——董乐通

大庆精神铜矿传，

刀山火海勇登攀。

寒风凛凛浓池救，

暑气炎炎井底钻。

克己奉公名鼎鼎，

身先士卒誉源源。

光辉榜样中流柱，

梦圆中华动力泉。

企业升级领跑者——王成初

上传下达细沟通，

风雨同舟众敬崇。

踏破铁鞋区市①访，

晋升矿级②立丰功。

①区市：指广西壮族自治区和百色市。
②矿级：指广西德保铜矿成功升级为国家中二型企业。

铜矿"老黄牛"——黄世告

阴冷湿潮深井工，

毅然三秩度春容。

耐劳刻苦黄牛劲，

无不仰钦无不崇。

覃永康

　　男，1944年生，广西百色市右江区人，高中毕业，中共党员。历任小学教师、语文教学辅导员、中学数学教师等职。2004年3月退休，2008年9月至今在百色市老年大学诗词班学习。现为百色市诗联学会会员，百色市老年书画摄影研究会会员。

劳模本色永不褪——王廷军

劳模代表誉堂堂，

几度春秋几度光。

服务民居老当壮，

助人为乐美名扬。

"他是个好人"——材料库保管员黄如亲

繁杂琐碎又烦心，

默默无闻守后勤。

铁铲收支登账记，

矿灯领用列名存。

爱材似命人人赞，

护料如金个个尊。

敬业无私三秩许，

好人声誉满铜村。

"大力士"——覃福庭

宗旨深埋心底间，

翻江倒海劲冲天。

全坑重累脏差事，

奋勇当先享苦甘。

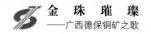

敢向"龙王"挑战的人——廖建林

年青志浩勇担当,

解难排忧挑大梁。

擒住"龙王"无畏惧,

保全矿命更顽强。

尽心尽责尽能力,

多艺多才多发扬。

四号矿旗红艳艳,

光芒万丈照南疆。

男，1943年生于广西德保县一个裁缝工人家庭，1964年考入广西民族学院中文系。1968年毕业后，在凌云县教书十七年，在德保县经商十七年。常在工作之余操笔草拟句子，并汇成手抄本以自赏。

采矿工人颂

用铁的脊梁撑起坑洞

满腔热血与地脉一起跳荡

用铜的双臂架起风钻

在四百米深处向地心问候呼唤

生命与坑道一起延伸

意志与产量一同成长

这里是没有日月星辰的舞台

满身尘烟省去了化妆

过多的工作热情

夯实舞步跳出人生的辉煌

斗车装满激情装满理想

吭哧着力的誓言

码出万吨计的矿砂

生产进度的箭头吻红了太阳

鸟儿喜欢矿山的花园

工人创造花园式的矿山

铜因人宝贵人因铜富有

铜矿人用智慧和力量

铸就六十座丰碑

在天地间放出耀眼光芒

男，广西百色市人。系百色市诗联学会副会长，所著的诗词曾刊登于各大报章杂志，著有诗集《风雨月正圆》《梦之缘》。

卜算子·女铜人赞

德保女铜人，兰醉人标致。把玩荧屏看隧街，秒秒全神视。

老矿发新芽，竞技凌云志。唯有金铜饰殿宇，款款平生事。

赞一家三代铜矿人

湘人旨远驻南疆，

席地时艰垒画墙。

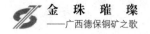
矿取黄金开乐道，

井通新市沐春阳。

三代敬业崇公德，

一丛丹枫浴雪香。

若得天齐重起舞，

踏翻鉴水润山芳。

感动铜矿人物的赞歌（八首）

创业领头羊曹文华

艰辛创业可思量，

劈岭开山建矿乡。

率众齐心筑水道，

挖铜冶炼领头羊。

早年勤苦琴声悦，

晚岁味甜鹤梦长。

共对云山任劳怨，

征鞍卸下不梳妆。

采矿铁人董乐通

荒山井下袭清风，

尽日矿砂产量丰。

鉴水淙淙沾露冷，

猩罗簇簇缩浓铜。

与工吃住筑街市，

待榜提优让席空。

孺子牛当犹未悔，

简车赶路立新功。

企业升级领跑者王成初

穿花策杖问王工，

掘进尺长显奇功。

增产趣闻井下议，

节能欣慰壮心雄。

茅棚寄冷常冲夜，

楼宇驱寒纳暖风。

改善设施环境美，

二型企业笑谈中。

"老黄牛" 黄世告

吃苦耐劳士卒先，

排危采点在前沿。

卅春井下平安乐，

万吨铜标喜报传。

竞技不知山月照，

产能才诉鸟音鲜。

老牛嚼草生牛奶，

"世告" 捶渣炼彩砖。

劳动模范王廷军

劳模出自产铜坡，

排队欢歌涨满河。

京邑廷军谈矿事，

肩任国企负背驮。

井中岩页随皮带，

坑口缆车集料多。

日夜群工同苦乐，

交音谷鸟众啼和。

好人黄如亲

敬业无私眼底宽，

账清物好鼠难钻。

管严材料平凡事，

确保铜坯出汇单。

掘进欣传千尺洞，

煅烧绽放百株兰。

善人关爱如亲愿，

正直德高一世安。

井下"大力士"覃福庭

泥流滚滚洞圈天，

贲钻突突采点穿。

一把渣耙挑重活，

百斤巨石抱车前。

完成任务人欢笑，

产值标升苦坦然。

井下福庭抬眼望，

地宫①映月伴星圆。

①地宫：指井下避险硐室。

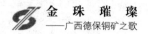
敢向"龙王"挑战的全能廖建林

敢与"龙王"管水流,

另注江河采矿酬。

单挑重活天天乐,

独干多岗样样优。

焊接灯群通达照,

钻穿路障胜智筹。

身怀绝技皆尽力,

斥训"龙王"少乱谋。

男，广西德保县人，1940年生，大学毕业。曾任乐业中学高级教师、副校长，百色地区民族师范学校高级讲师，后在百色学院退休，2010年起任百色市诗联学会秘书长，有论文、诗歌在报刊上发表。

三赞"感动铜矿"人物

赞铜矿"老黄牛"

井下春秋三十年，

常临一线爱攻坚。

矿灯闪闪探奇景，

电钻突突开矿源。

但愿铜山红胜火，

不嫌巷道满尘烟。

黄牛惯使周身劲，

昂首奋蹄何用鞭！

赞铜矿铁人

不怕严冬刺骨寒，

池冰矿冷力公关。

通风井下战连月，

豪气干云勇凿山。

铁骨铮铮真汉子，

胸怀坦坦好儿男。

先人后己传佳话，

三让指标心地宽。

赞"龙王"挑战者

飞流直下太猖狂，

矿井瞬间遭祸殃。

勇士挺身除水怪，

群英合力战"龙王"。

奇功一件人称道，

拼搏十年树栋梁。

采掘机修多面手，

矿工矿长业辉煌。

张启侯

　　男，壮族，1955年1月出生，广西德保县人。高中文化，政工师。曾任燕峒乡党委副书记，广西德保铜矿派出所所长、矿长助理、矿办公室主任兼广西万汇铜业有限公司监事会监事、采掘工区书记、68号矿矿长、总经理助理，广西田东锦达矿业有限公司总经理。现为德保云山诗社社员。

赞采矿工人

千寻井底绣华章，

钻石开山日夜忙。

为国胸中怀大志，

寻常话里显刚强。

明知巷道多艰险，

偏往井台忘安康。

酷暑严寒何所惧，

青春热血铸辉煌。

工人豪迈志凌云，

井下深深觅宝金。

酷暑严寒何所惧，

车车矿石见丹心。

矿山开采到今秋，

面貌全新业绩优。

理念更新天地变，

品茶井底忘忧愁。

周继焜

男，汉族，1945年8月出生，广西荔浦县人，1970年8月参加工作，大学文化，选矿高级工程师。历任广西德保铜矿党委委员、副矿长，广西万汇铜业有限责任公司董事、副总经理，广西德保铜矿副调研员。喜欢书法、诗词写作。

《铜矿诗韵》序

深藏铜矿见青天，

强国富民做贡献。

业绩感悟谁记录，

《铜矿诗韵》谱新篇。

安全工作意义大

安全荣誉紧相连，

安全责任大于天。

安全效益亦同在，

安全标准看千遍。

采矿工人多豪迈

红山，岭峻，嶂叠，挺拔，气派。

铜矿，宝贵，丰富，坚硬，深埋。

工人，不畏艰辛把红山踩在脚下凿开，

不怕劳苦把千万吨铜矿开采。

没有到不了的矿层和矿块，

定叫金灿灿的宝藏汇成大海。

为祖国建设，为矿山发展，

创新争先，继往开来。

掘　　进

地下宝藏埋伏深，

探采矿物我先行。

横竖梅花排炮眼，

掘巷造场快进行。

采　矿

条条矿脉又成窝，
人钻合作唱欢歌。
留好矿柱采矿层，
块度合格留成河。

出　矿

电耙斗口留井旁，
工人装矿穿梭忙。
山间电车闪弧光，
专为选厂送好粮。

颚　破

天生虎口阔嘴巴，
棱牙钢齿前后夹。

矿石硬大都不怕，

快咬碎破全吞下。

球　磨

长圆肚里滚钢球，

磨矿分级不停留。

浓度细度酸碱度，

精心看管创一流。

浮　选

四方槽子大串联，

粗选扫选又精选。

三度一准细操作，

适括金泡喜连天。

感慨万千

手心知道手背疼，

开矿不忘掘井人。

凝聚人心促和谐，

您与职工心连心。

大家有义又有情，

多年枯木再逢春。

雨露滋润获新爱，

退休职工感谢您。

中秋节庆团圆

盼星星盼月亮，

盼到了您照得铜矿亮堂堂！

老职工血汗没白流，

新领导个个心胸广。

中秋节给予了大优抚，

职工家属心花绽放！

人心聚力量强，

感激之情必会落实在行动上！

有口皆碑赞铜矿

虎去千里留雄劲，

兔进万家献禧祥。

生产生活齐跃进，

有口皆碑赞铜矿。

欢天喜地过春节

年货篮中蕴深情，

防寒服里暖人心。

津贴逐户再发送，

欢天喜地庆新春。

铜矿跨入新时代

绘制蓝图大手笔，
实施技措高起点。
铜矿跨入新时代，
尽扫旧貌换新颜。

贺铜矿新公司成立

万众欢呼新铜矿，
公司成立喜飞扬。
上下齐心共努力，
公司必将更辉煌。

赞公司领导

铜矿公司年景好，
生产福利步步高。

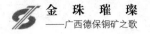

凝心聚力做大业，
运筹帷幄好领导。

感激不尽

职工狂喜又一遍，
礼金礼包过大年。
领导慰问到家来，
感谢关怀勇当先。

巴马东兰游感

回归自然访长寿，
红色体验意义深。
欢声笑语车船载，
铜矿党员尽感恩。

五／安全生产

黄国柱

男，壮族，1964年7月生，广西德保县城关镇人，大学文化。中学一级教师，现在德保初中任教。喜欢文学，爱好诗词，是中华诗词学会、中国楹联学会、百色市诗联学会会员。2011年4月参加中华诗词第二届诗国杯大赛，荣获创作奖，诗作被载入诗国社编、华龄出版社出版的《诗国诗典2011》中。

地宫茶暖

一盏香茗鉴古今，

铜山故里有奇人。

井中茶暖惊天地，

痛饮九泉甘似霖。

茶　韵

井酿佳茗味自浓，

涌泉二沸觅仙踪。

矿道杯中存妙义，

地宫来去亦从容。

男，壮族，字古榕，号篇山樵夫。1950年生，广西德保县人。大专毕业，讲师、一级书法师。20世纪70年代开始发表诗文作品，多次参加全国和世界中华诗词大赛并获有关奖项，现为中华诗词学会会员，中国诗词楹联学会会员，百色诗联学会理事，德保云山诗社副社长、《云山诗刊》副主编。与李恒波先生主编《云山放歌——广西德保古今诗词选集》，该书已出版发行。

候罐室①

候罐矿工笑语传，

品茶论道赛神仙。

工余井底来相聚，

留住温馨巷道间。

①候罐室：专门供矿工等候搭乘升降台上下井用的休息室。

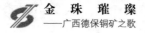
矿山春风

条条巷道似长龙，

喉管霓虹映宝宫。

茶道琴棋书画美，

矿山井底拂春风。

男，壮族，1929年生，广西德保县人，中师文化，中共党员。1953年参加工作，历任中小学教师，县教研室研究员，县水利指挥部办事员，县政协机关业务科科长，广西诗词学会会员，百色市诗联学会和靖西市诗联学会理事。三十年来，先后发表436首诗。个人传略已被收入《中国诗人大辞典》等多种辞书。

安全生产第一

安标试点兴铜矿，

生存安全壮士怀。

科学领先新立异，

全区推广树名牌。

雷奇文

男，1931年出生。广西田阳县人，北京师范大学毕业。曾任中小学教师、广西右江民族师专教务处处长、副教授。系中华诗词学会会员、百色市诗联学会名誉会长。著有诗词楹联选《涓埃集》及《四壁居诗词选》。

安全生产

高精科技保安全，

上下同心不等闲。

万两黄金终有价，

一条人命大于天。

措施落实险灾避，

管理要求标准严。

矿产连年增效益，

一流企业树标杆。

男，1938年生，广西武鸣县人。大学中文本科毕业。为广西百色学院副教授，曾任县高完中校长兼县政协副主席。系广西文艺理论家协会、民间文艺家协会、广西诗词学会、中国楹联学会会员，百色市诗联学会常务副会长，《百色诗联》副主编，百色市老年大学诗词教师。已出版诗词联集《雏声集》，散文集《草芥集》、《草芥集》续集等。

重安全

总把安全作命根，

规章严密必遵循。

辛勤演练行千遍，

承诺签名重万吨。

监控中心鸣警示，

留居硐①内自安神。

标杆系统家家乐，

高效欢声处处闻。

　　①留居硐：设在489中段的避灾硐，由监控系统中心指挥，有险情可提前警示，硐内通风好，有食物，十分安全。

覃民军

　　男，壮族，1936年12月生，广西田阳县人。中专文化，中共党员。1954年参加工作，历任田阳、德保、百色县乡（镇）县党政领导职务，1997年在百色市国土局退休，2010年3月当选百色市诗联学会第六届理事会理事，2011年8月受聘为百色市诗联学会副会长。

兴安典范①

铜城处处重安全，

人命关天日夜牵。

领导带班严守则，

员工操作稳攻坚。

避灾硐室如城堡，

防险新施固井田。

科技兴安添神气，

矿山企业树标杆。

　　①广西德保铜矿实施"科技兴安"战略，投资近500万元建设紧急避灾"六大系统"工程。成为"广西第一、全国一流""兴安典范""非煤矿山安全标杆企业"，余有幸登门取经，特吟诗赞许。

苏伯玲

男，壮族，1937年3月生，广西田阳人。大学文化，中学高级教师，原在百色高中任教。为《芳草文学》《农家伴侣》特约记者、编辑，《南方论坛》创作员，中原书画研究院研究员，桂林书画艺术研究院理事，百色市诗联学会会员。

赞广西德保铜矿（六首）

（一）

开拓铜矿立宣言，

矿业兴衰是安全。

安全生产最关键，

龙头头脑应清廉。

警钟长鸣惊天地，

共同托起安全圈。

万盏矿灯银星闪，

德保铜矿热浪翻。

（二）

安全不计日月年，

时时刻刻记心间。

矿长出师守关口，

全体矿工抓安全。

麻痹大意藏祸患，

侥幸心理隐患连。

安全教育蔚成风，

高产增收喜报传。

（三）

生产管理抓安全，

领导责任规章严。

深挖勇士磨艰险，

职工怎能袖手观。

工序交错细切磋，

技术措施话安全。

为国生产高效益，

安全孵出千万元。

（四）

基础工作抓安全，

细致环境不放宽。

翁妪妇孺齐叮嘱，

班前禁酒又戒烟。

蔚蓝天空旌旗舞，

风展旖旎报平安。

年终共设幸福宴，

安全高产捷报连。

（五）

以人为本话安全，

矿区旧貌变新颜。

风巷畅通生命线，

井下空气要新鲜。

六大系统标准化，

管理民生一概全。

团结奋进促发展，

建成绿色好家园。

（六）

安全意识溢铜矿，

滔滔铜浪如涌泉。

质量升华诚信义，

全国安康赞铜田。

科技兴矿高新尖，

行业明星列队前。

荣获广西百强奖，

日新月异绘新篇。

【张】【启】【侯】

　　男，壮族，1955年1月出生，广西德保县人。高中文化，政工师。曾任燕峒乡党委副书记，广西德保铜矿派出所所长、矿长助理、矿办公室主任兼广西万汇铜业有限公司监事会监事、采掘工区书记、68号矿矿长、总经理助理，广西田东锦达矿业有限公司总经理。现为德保云山诗社社员。

推行安全标准化（三首）

（一）

国定安标①制度明，

开挖矿井必先行。

千寻井底荧屏现，

科技监安护掘程。

（二）

安标试点兴铜矿，

有色同行看齐来。

　　①安标：国家制定"安全标准化"的简称。

科技领军先立异，

全区推广树名牌。

（三）

推行新技术，

壮显我中华。

建好安标化，

平安个个夸。

六 南国
桃源

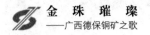

陈 军

女，广西灵山县人，灵山诗词学会副会长。

铜矿春色

花香鸟语蝶蜂悠，

碧草蓝天春色流。

歌舞升平矿区景，

文明富裕客云游。

黄江洪

　　男，1948年生，广西靖西市人。大专文化。原靖西县壬庄乡初级中学教导主任，现为中华诗词学会、广西诗词学会、南宁市诗词学会会员，百色市诗联学会副会长，靖西市诗联学会常务副会长。个人传略及代表作被收入《中国当代诗词艺术家大辞典》《吟苑英华》《八桂四百年诗词选》等多种书。著有诗词集《莲塘吟草》。

绿色矿山颂

绿色矿山名远扬，

蓝天碧水草花香。

矿坑设置避灾硐，

污水流经净化房。

作业施工无险境，

休闲文化有长廊。

和谐发展多成果，

企业扬帆万里航。

黄世章

　　男，1944年生，广西百色市右江区永乐乡人。历任教师，学区党支书，某国有煤矿秘书、副书记、矿长等职。为百色市诗联学会副会长，有900多首诗词入编各种刊物和诗集并获奖。个人传略入编多部辞书。

东河放意

唱响铜山早醉人，

横箫岸畔已痴心。

红街绿树千般景，

荡影清波满眼新。

安全生产调度中心（新声韵）

标杆一线炮声隆，

采面硝烟一旦浓。

房内屏墙藏战阵，
山中深巷创奇功。
安危量化工场里，
升降频传指示中。
移影随形观实景，
西南矿产第一铜。

相思林休闲中心

不负云山鉴水连，
东河如唱诉新缘。
林中幽径笛声远，
亭外歌场舞步娴。
旦旦牵情男女意，
涓涓笑语涧滩言。
诗书棋画琳琅处，
小酌蓬莱遂意间。

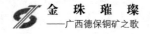
红山矿区纵目

风林流翠比山荫，

鸪鸹花间赛美音。

济济绿窗飘彩絮，

排排楼宇探星辰。

东河四季牵心唱，

"冲口"长年笑意殷。

桥路客商车不断，

乐情最是矿山人。

相思林探赋

绿径深阶满画廊，

涓涓涧水尽幽香。

和风常鼓花含笑，

沁气时催燕引腔。

闲处开心兴舞步，

工余随意走棋乡。

新情旧喜归茶座，

共叙前程又举觞。

黄文焕

男，壮族，1935年10月出生于广西田阳县，中共党员。1950年6月参加工作，1990年6月在中共百色市委宣传部退休。现任百色市诗联学会副会长。已出版诗词专集《韵里情怀》。

铜山美

岭上桃花漫九天，

窿中避险谱新篇。

居安业旺千般好，

矿主谁人不恋山。

注：海拔800多米的8号矿井地面，建有相思林休闲中心，每逢春季，桃花怒放，风光无限。坑道内设置有可容纳40人、持续避险96个小时的避灾硐室。广西德保铜矿有限责任公司成为广西非煤矿山安全标准化标杆企业。

男，壮族，字古榕，号篙山樵夫。1950年生，广西德保县人。大专毕业，讲师、一级书法师。20世纪70年代开始发表诗文作品，多次参加全国和世界中华诗词大赛并获有关奖项，现为中华诗词学会会员，中国诗词楹联学会会员，百色诗联学会理事，德保云山诗社副社长、《云山诗刊》副主编。与李恒波先生主编《云山放歌——广西德保古今诗词选集》，该书已出版发行。

铜城春意

相思林里舞翩跹，

昔日荒坡变乐园。

举目矿山花烂漫，

铜城无处不春天。

黄永荣

　　男，壮族，1929年生，广西德保县人，中师文化，中共党员。1953年参加工作，历任中小学教师，县教研室研究员，县水利指挥部办事员，县政协机关业务科科长，广西诗词学会会员，百色市诗联学会和靖西市诗联学会理事。三十年来，先后发表436首诗。个人传略已被收入《中国诗人大辞典》等多种辞书。

矿区美化放光彩

高楼大厦美如画，

亮化工程改旧窝。

文化长廊开视野，

民生改善唱笙歌。

在德保铜矿场宴会上口占

结对寻诗侣，

飘然上矿山。

铝铜山水美，

来访喜登攀。

黄国柱

　　男，壮族，1964年7月生，广西德保县城关镇人，大学文化。中学一级教师，现在德保初中任教。喜欢文学，爱好诗词，是中华诗词学会、中国楹联学会、百色市诗联学会会员。2011年4月参加中华诗词第二届诗国杯大赛，荣获创作奖，诗作被载入诗国社编、华龄出版社出版的《诗国诗典2011》中。

诗画铜城

楼台耸立翠峰前，

恰似蓬莱隐半边。

四面荧屏开慧眼，

八方玉女启金莲。

长廊舞起千秋墨，

素壁吟成万古联。

宋律唐音欣入耳，

铜城无处不诗篇。

铜城夜色

脉脉东河一水盈，

风摇淡月起涛声。

长亭醉赏丝弦乐，

天籁萦怀芦管笙。

流光檐角闪如萤，

流光巷陌夜犹晴。

群山四望星光暗，

矿井楼台火独明。

男，壮族，1945年出生，初中文化。爱好灯谜、格律诗词，1995年加入右江谜社，2000年学习格律诗词，为德保云山诗社社员。

矿区喜见园林化

矿区喜见园林景，

幽雅文明草木新。

文化长廊开视野，

相思芳苑蕴奇珍。

桃林茂盛排成阵，

草地鲜妍列翠鳞。

笔舞山川酬壮志，

铜山矿岭四时春。

黄图功

男，1943年生，广西德保县人。中华诗词学会会员，百色市诗联学会常务副会长，《百色诗联》副主编。著有《碧水吟》《青山集》《彩云歌》。有1298首诗词发表于国内书刊。曾参加国内诗词大赛，获特等奖24次，金奖134次，一等奖91次。

渔歌子·绿色矿山——德保铜矿

植被如茵第一家，掩埋废石与残渣。栽树木，种奇花，草皮覆盖境殊佳。

鹧鸪天·和谐德保铜矿

放眼红山气象雄，和谐天地乐融融。黄莺鸣唱枝头里，粉蝶翻飞花圃中。

通道洁，玉楼重。夜来溪岸闪霓虹。轻歌曼舞因民富，欢曲声声入碧空。

安全宣传长廊

运输巷道设长廊，
文翰山花竞溢芳。
版面整齐书制度，
图文并茂立规章。
避开危险潜肝胆，
生产安全入腑肠。
隐患凶神忙却步，
安康竞赛美名扬。

铜矿休闲广场

夜幕来临广场喧，
灯光闪烁映东川。
轻歌阵阵传苍宇，
妙舞翩翩漫乐园。

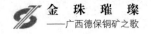

青壮欢声谈盛世，
老人笑语赞丰年。
欢娱之夜情洋溢，
乐在人间不羡仙。

男，壮族，1933年4月生，广西德保县人。大学毕业。先后在德保县武装部、县委组织部任职，1997年退休。广西诗词学会会员，德保云山诗社副社长，《云山诗刊》主编。

颂国家级绿色矿山德保铜矿

天下奇观万万千，

不如绿色矿山妍。

施工处处清污秽，

绿化方方变乐园。

百鸟争鸣喧翠岭，

群芳竞放映蓝天。

职工作息心舒畅，

且养精神且养颜。

男，1931年出生。广西田阳县人，北京师范大学毕业。曾任中小学教师、广西右江民族师专教务处处长、副教授。系中华诗词学会会员、百色市诗联学会名誉会长。著有诗词楹联选《涓埃集》及《四壁居诗词选》。

桃源何处是

青山草地百花妍，

灯火辉煌不夜天。

文化长廊如展馆，

休闲广场胜公园。

相思林里鸳鸯戏，

廉价房中枕席安。

借问桃源何处是，

武陵溪在矿山前。

男，1938年生，广西武鸣县人。大学中文本科毕业。为广西百色学院副教授，曾任县高完中校长兼县政协副主席。系广西文艺理论家协会、民间文艺家协会、广西诗词学会、中国楹联学会会员，百色市诗联学会常务副会长，《百色诗联》副主编，百色市老年大学诗词教师。已出版诗词联集《雏声集》，散文集《草芥集》、《草芥集》续集等。

重绿化

矿区弥望郁葱葱，

吐艳飘香春色浓。

绿树新楼花灼灼，

清溪碧草水淙淙。

山青气朗仙乡境，

燕舞莺歌画图中。

利废除污栽种遍，

人工科技汇天工。

梁宗权

　　男，笔名梁榜，1936年生，广西百色市右江区人，中共党员。中华诗词学会会员、中国国学协会会员、百色市诗联学会顾问。作品及个人传略载入各种辞书和刊物，曾任乐业县、百色县（今百色市）林业局秘书、工程师。

德保铜矿抒怀

夜景

总部于山麓，

华灯映彩霞。

琼楼呈特色，

景物耀奇葩。

绿化

远上工区石径斜，

楼前种树又栽花。

矿厂员工新宿舍，

康庄大道分外佳。

广场

场地依山爽爽然，

休闲慢步散身心。

红亭对唱高歌颂，

改革花开遍地馨。

李恒波

　　男，壮族，1950年生于广西德保县足荣镇老坡村。中专学历。1970年12月参加工作，系中华当代文学学会理事，广西诗词学会、南宁市诗词学会会员，百色市诗联学会副会长，德保云山诗社社长。诗作入编国家正式出版物，近年来参加全国中华诗词大赛多次获奖。与黄华司先生主编《云山放歌——广西德保古今诗词选集》，该书已出版发行。

铜城遣怀

幽境怡人梦几长？

醒来华发变秋霜。

铜城放眼寻新趣，

绿水青山醉夕阳。

男，壮族，1934年生，广西巴马县人，中共党员，大学文化。历任中学教师，新闻干事，巴马县委秘书，中共百色市委机关报《右江日报》记者、副总编辑等职。广西作家协会会员。著有散文集《敝帚集》，诗集有《五岭吟墨》《福彦诗抄》等。诗词作品在全国多家报刊发表并被收入广西《八桂四百年诗词选》。个人生平传略被收入《广西民族文学大词典》《广西记者名录》等多部辞书。

鹧鸪天·新矿新村

　　矿振村兴湛湛天，谁持彩笔赋诗篇。治污浚水办农舍，铺路修桥复毁田。

　　联支部，统棋盘，三农乐共解忧难。企农共建平台好，新矿新村并蒂妍。

鹧鸪天·村企共建

　　翠岭红楼共月圆，文明生态并双肩。新桥跨水村前建，坦道环山林下延。

　　商贸畅，舞歌喧。学堂农舍亮犹宽。小康共建平台好，新矿新村幸福添。

梦幻家园

水镜天开夜暗蓝，

霓灯焕彩水花燃。

琼楼玉树溢光泽，

此处水乡耶矿山？

绿色名片

璀璨霓灯如昼明，

德铜夜景不差城。

河中巧治三分水，

桥上高挑一座亭。

绿矿入围名片响，

亿元腾跃鼓声铿。

红山击羡藏金海，

引我诗心和鼎鸣。

男，1952年出生，广西忻城县人。广西大学自学考试哲学专业毕业，中共党员，经济师职称。1979年3月调入广西德保铜矿工作，曾担任铜矿双瓦工区党支部副书记、矿机电车间党支部副书记、矿机关第2党支部书记，矿改制责任公司后任机关党支部书记、公司绩效考核办公室主任以及矿劳动服务公司经理等多种职务。多次荣获先进生产工作者、优秀共产党员、优秀党务工作者称号。

贺德保铜矿职工喜造福廉租新居（二首）

（一）

篱墙陋舍掩山前，

遮雨避风创业艰。

祖盼父求明亮屋，

新居何日梦能圆？

（二）

忽闻鞭炮响连天，

机器轰鸣万户欢。

矮屋今朝无旧迹，

新楼屹立彩云间。

男，1943年生于广西德保县一个裁缝工人家庭，1964年考入广西民族学院中文系。1968年毕业后，在凌云县教书十七年，在德保县经商十七年。常在工作之余操笔草拟句子，并汇成手抄本以自赏。

钦甲美 (新韵)

盘山过岭到钦甲，

壮美真如众口夸。

地上花园披锦绣，

难寻废土与残渣。

苍茫山野嵌明珠，

八桂驰名如日初。

坑道不宽能量大，

万吨产品汗浇出。

男，广西百色市人。系百色市诗联学会副会长，所著的诗词曾刊登于各大报章杂志，著有诗集《风雨月正圆》《梦之缘》。

莺鸟啭勾芒

矿山增设隔沙塘，

废料回收绿故乡。

筵席千山松碧翠，

叟童百岁体康强。

芳山鉴水无尘染，

寂夜春风有月光。

低碳怡人情永驻，

清幽莺鸟啭勾芒。

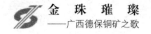

红山生活新区见闻

宫壶破晓日初悬，
雾散新区涌紫烟。
百尾青筠餐晨露，
一枝红杏映溪涟。
红山耸立纳金殿，
庭院连排品茗筵。
涧上急流源鉴水，
酽香协韵弄清弦。

破阵子·举觞

燕鸽绕飞碧厦，菊花遍地凝香。筛矿滤沙三
百目，池底铜丹八九方。红山耀国光。

男女高歌巧对，亿元标跃赢商。绿野人居新
款式，望北霓灯昼夜煌。今朝更举觞。

卜算子·宣传长廊

时雾此依依，争奈芳山迟。文翰香枫昨偷春，捷足长廊示。制度规章全，生产安全治。策马驰程我自吟，昂景红山誓。

许 光 华

男，广西德保县人，1940年生，大学毕业，曾任乐业中学高级教师、副校长，百色民族师范学校高级讲师，后在百色学院退休，2010年起任百色市诗联学会秘书长，有论文、诗歌在报刊上发表。

德保铜矿赞[1]

风烟尽散了无痕，

绿水青山一地新。

弄内楼台尘不染，

红山矿井散清芬。

休闲广场花千树，

亮丽车间铜万吨。

绿色矿山追大雅，

歌声嘹亮酒清纯。

[1]1958年，德保钦甲曾经在全民大办钢铁的一片浓烟中受创，作者记忆犹新。现在，那里却出现了广西有名的现代化绿色矿山——广西德保铜矿，不禁令人赞叹。

张启侯

男，壮族，1955年1月出生，广西德保县人。高中文化，政工师。曾任燕峒乡党委副书记，广西德保铜矿派出所所长、矿长助理、矿办公室主任兼广西万汇铜业有限公司监事会监事、采掘工区书记、68号矿矿长、总经理助理，广西田东锦达矿业有限公司总经理。现为德保云山诗社社员。

矿山美乐园（二首）

（一）

迎眸皆绿韵，

花艳鸟声喧。

井下香茶饮，

人间美乐园。

（二）

峻岭诗情入眼球，

相思树底乐悠悠。

花园矿井游人醉，

亮丽厂区称一流。

沐浴春风添美景，

花香自引蜜蜂投。

互相借鉴增经验，

百舸争流驶快舟。

铜矿公司领导深入乡村清洁
工作点感赋（三首）

（一）

书记进农乡，

田园散郁香。

亲抓清洁点，

快马奋蹄扬。

（二）

满载民希望，

亲临送秘方。

声声心里话，

句句暖心房。

（三）

清洁明方向，

同心绣壮乡。

规章墙上挂，

遍地漫芬芳。

有感于清洁工程

群鸟同欢景色悠，

莺飞蝶舞漫山游。

家园清洁人康寿，

田垌芬芳客恋留。

上下一心除秽土，

城乡齐力治污沟。

三包到户门前净，

秀美山川变绿洲。

刘序畅

男，汉族，祖籍湖南，1964年生于广西乐业县，在职研究生学历。曾任中共百色市委对外宣传办公室（市人民政府新闻办公室）主任、中共百色市委宣传部副部长、百色市文化和新闻出版广电局局长、党组书记。现任百色市文化广电和旅游局党组书记、局长。系中华诗词学会会员、广西诗词学会理事、百色市诗联学会名誉会长、百色市思想政治工作研究会常务副会长、中国新闻摄影学会会员、政协百色市第三届委员会委员、百色市第四届人大代表。已在国内各级各类刊物和有声媒体发表诗词、散文、论文、中短篇小说及新闻与摄影作品1000余篇（幅）。

天钟文秀时代楷模

——铜矿职工学习黄文秀同志先进事迹有感

天降斯人动地来，

钟英盖世向阳开。

文明秀衍长征路，

秀衍文明大舞台。

时验初心担使命，

代承壮志卸凡胎。

楷书一记千秋梦，

模颂芳华上九垓。

七 / 资源开发

邓仁聪

男，1941年生，广西德保县燕峒乡人。大专文化。曾任广西第四地质队党委书记，擅长书法、绘画及诗词写作，作品散见于国内各报刊。

清平乐·德保铜矿

岭藏宝藏，钻探寻铜矿。悦耳机声传僻壤，个个神情激荡。

英豪奋战山中，历经春夏秋冬，储量探明心爽，为民寻宝光荣。

清平乐·钦甲探宝

崇山峻岭，有宝藏身影。地质队员探矿井，发现金铜万顷。

古来钦甲山中，资源种种多丰。开矿机声动地，振兴华夏丰功。

黄朝东

　　男，1950年9月出生，广西靖西市同德乡人。大专学历，中学一级教师。先后在小学、中学、中专任教。1991年任靖西县志办主任，主持修编《靖西县志》。现为靖西市诗联学会理事、百色市词联学会会员、南宁市词联学会会员、广西诗词学会会员。先后在各种刊物发表诗词近300首。

浣溪沙（两首）

（一）

　　沉睡古龙秋接秋，千峰万岭枕江流，深深石壁历悠悠。

　　极目何方新宇宙，路途漫漫恨心头，哪年哪日现洪流。

（二）

　　卅六年前好运筹，揭竿树帜战荒丘，古龙东岭竞风流。

　　创业艰难多苦险，钢筋风镐劲如牛，掘开巷道任遨游。

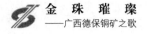
感　怀

少时越岭游铜矿，

初见楼房心亮堂。

枕木丛中传捷报，

石岩缝里铸华章。

资源开发富民路，

西部振兴社稷昌。

昔日荒坡今献宝，

壮乡从此换新装。

男，壮族，1935年10月出生于广西田阳县，中共党员。1950年6月参加工作，1990年6月在中共百色市委宣传部退休。现任百色市诗联学会副会长。已出版诗词专集《韵里情怀》。

聚宝盆·赞兴宏润矿业有限责任公司（新声韵）

尾矿回收喜共荣，

污泥浊水一淘空。

综合利用废为宝，

日进千金立大功。

黄图功

　　男，1943年生，广西德保县人。中华诗词学会会员，百色市诗联学会常务副会长，《百色诗联》副主编。著有《碧水吟》《青山集》《彩云歌》。有1298首诗词发表于国内书刊。曾参加国内诗词大赛，获特等奖24次，金奖134次，一等奖91次。

赞绿色矿山

废水潺潺亦值钱，

循环利用喜争先。

创新技术财源茂，

尊重人才产品添。

设备更新能制胜，

员工精干可攻坚。

资源宝贵回收尽，

开创辉煌奋向前。

男，1931年出生。广西田阳县人，北京师范大学毕业。曾任中小学教师、广西右江民族师专教务处处长、副教授。系中华诗词学会会员、百色市诗联学会名誉会长。著有诗词楹联选《涓埃集》及《四壁居诗词选》。

尾矿废水

尾矿犹如豹子尾，

哗哗废水可流金。

回收利用有新法，

滚滚财源此处寻。

覃民军

男，壮族，1936年12月生，广西田阳县人。中专文化，中共党员。1954年参加工作，历任田阳、德保、百色县乡（镇）县党政领导职务，1997年在百色市国土局退休，2010年3月当选百色市诗联学会第六届理事会理事，2011年8月受聘为百色市诗联学会副会长。

盘活资源

高瞻远瞩上巅峰，

未雨绸缪路畅通。

整合①新区圈矿点，

拓宽业务壮铜城。

春风激发原姿态，

时雨催生新阵容。

优化资源强后劲，

金花灿烂耀苍穹。

①整合：指百色市政府把德保铜矿作为钦甲铜锡矿区整合主体。

咏尾渣库

山塘十亩向天开，

排水存渣反复筛。

鸟瞰犹如霜覆盖，

细瞄方见宝回来。

择优置换①流光带，

积少成多垒玉台。

矿石提金凭技艺，

资源善用广生财。

①置换：单质替代化合物中一种原子或原子团生成另一种化合物，如镁和硫酸铜反应生成铜和硫酸镁。

咏铜矿石

沉睡深山亿万年，

云开见日出家园。

粉身碎骨终无悔，

化作明珠照世间。

八　民生
　　保障

黄江洪

　　男，1948年生，广西靖西市人。大专文化。原靖西县壬庄乡初级中学教导主任，现为中华诗词学会、广西诗词学会、南宁市诗词学会会员，百色市诗联学会副会长，靖西市诗联学会常务副会长。个人传略及代表作被收入《中国当代诗词艺术家大辞典》《吟苑英华》《八桂四百年诗词选》等多种书。著有诗词集《莲塘吟草》。

铜城人心声

落户铜城庆有缘，

矿区日日换新颜。

安居乐业遂心意，

愿做工人不做仙。

黄国柱

　　男，壮族，1964年7月生，广西德保县城关镇人，大学文化。中学一级教师，现在德保初中任教。喜欢文学，爱好诗词，是中华诗词学会、中国楹联学会、百色市诗联学会会员。2011年4月参加中华诗词第二届诗国杯大赛，荣获创作奖，诗作被载入诗国社编、华龄出版社出版的《诗国诗典2011》中。

洞里乾坤

泉经三沸沏春茶，

雀舌清明龙井夸。

洞饮香茗尘世远，

一壶热水有人家。

黄 图 功

男，1943年生，广西德保县人。中华诗词学会会员，百色市诗联学会常务副会长，《百色诗联》副主编。著有《碧水吟》《青山集》《彩云歌》。有1298首诗词发表于国内书刊。曾参加国内诗词大赛，获特等奖24次，金奖134次，一等奖91次。

观铜矿冲口新生活区

楼房座座耸溪边，

道侧花坛百卉鲜。

岸上玉栏连碧阁，

池中清液映蓝天。

夜来星下霓虹闪，

晨至林间众鸟喧。

笑语欢声频入耳，

安居乐业似青莲。

红山旧生活区遗迹

平房座座草没深，

残瓦遗留旧日痕。

暑往陋棚遭雨打，

寒来野岭被霜侵。

战天斗地怀宏志，

敬业施工献素心。

锈铲斑斑能做证，

当年开拓付艰辛。

雷奇文

　　男，1931年出生。广西田阳县人，北京师范大学毕业。曾任中小学教师、广西右江民族师专教务处处长、副教授。系中华诗词学会会员、百色市诗联学会名誉会长。著有诗词楹联选《涓埃集》及《四壁居诗词选》。

民生建设

民生保障措施优，

足食安居不用愁。

全意全心全力干，

勤工不为稻粱谋。

男，1938年生，广西武鸣县人。大学中文本科毕业。为广西百色学院副教授，曾任县高完中校长兼县政协副主席。系广西文艺理论家协会、民间文艺家协会、广西诗词学会、中国楹联学会会员，百色市诗联学会常务副会长，《百色诗联》副主编，百色市老年大学诗词教师。已出版诗词联集《雏声集》，散文集《草芥集》、《草芥集》续集等。

重民生

倾心极力重民生，

举措如期事事成。

幢幢新楼添美景，

家家华宅荡欢声。

医疗就业津津乐，

慰问分忧暖暖情。

马达飞歌扬笑语，

连年总产直攀升！

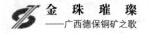
重娱乐

张弛有度享闲情，

娱乐中心早建成。

领导员工齐起舞，

琴筝箫笛共飞声。

婀娜回转霓虹影，

疾缓低昂喜气升。

倦意消融精力旺，

当班焕发热腾腾！

男，壮族，1934年生，广西巴马县人，中共党员，大学文化。历任中学教师，新闻干事，巴马县委秘书，中共百色市委机关报《右江日报》记者、副总编辑等职。广西作家协会会员。著有散文集《敝帚集》，诗集有《五岭吟墨》《福彦诗抄》等。诗词作品在全国多家报刊发表并被收入广西《八桂四百年诗词选》。个人生平传略被收入《广西民族文学大词典》《广西记者名录》等多部辞书。

为了明天

校园进出苦泥泞，

钦甲书童载怨声。

还是矿家捐慷慨，

硬将尘土改坚平。

一村父老捋须乐，

全校师生擂鼓鸣。

百米谁言斯路短，

人生跬步起鹏程。

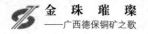
鹧鸪天·民生乐曲

恰似春风酿百芳，矿山一夜景琳琅。黉园医院应时起，超市大巴如愿偿。

饮水净，路灯光。视屏数字喜新装。家门矿井柏油路，阵阵歌声道道梁。

乔　迁

远眺群峰翠，

芳山若画廊。

山连青四廓，

楼在绿中央。

三代陋居改，

一朝琼厦偿。

矿荣家自暖，

煮酒夜弥香。

男，广西百色市人。系百色市诗联学会副会长，所著的诗词曾刊登于各大报章杂志，著有诗集《风雨月正圆》《梦之缘》。

红山矿区旧宅游

垣墙瓦砾草丛生，

木柱平房露破棚。

铁铎惊鸥传喜信，

筛池选矿类分层。

铜沙赢得三连冠，

茅宅招来万户盈。

数十年华筹广厦，

芳山岁岁问春莺。

刘序畅

男，汉族，祖籍湖南，1964年生于广西乐业县，在职研究生学历。曾任中共百色市委对外宣传办公室（市人民政府新闻办公室）主任、中共百色市委宣传部副部长、百色市文化和新闻出版广电局局长、党组书记。现任百色市文化广电和旅游局党组书记、局长。系中华诗词学会会员、广西诗词学会理事、百色市诗联学会名誉会长、百色市思想政治工作研究会常务副会长、中国新闻摄影学会会员、政协百色市第三届委员会委员、百色市第四届人大代表。已在国内各级各类刊物和有声媒体发表诗词、散文、论文、中短篇小说及新闻与摄影作品1000余篇（幅）。

红城壮美百色千姿

——德保铜矿诗思录

红旌玉馆耸奇峰，

城倚迎龙盘后龙。

壮域天街来海客，

美园海市聚天工。

百源氧富长流水，

色正芒寒不老松。

千里风驰追大梦，

姿情揽秀访仙踪。

九／多元
铜矿

杨鹤楼

男，别名叶今，又名岑南舍人，1939年12月28日出生，河北唐山人。中共党员。中国作家协会会员，中国科普作家协会会员，副编审。1961年毕业于某煤校地球物理勘探专业。历任中南130水文物探队、广西150地质队技术员，广西德保铜矿新闻干事，广西冶金研究院秘书，《中国有色金属报》驻广西站站长，中国有色金属工业南宁公司处长、党组成员、纪检组长（副厅级），广西作家协会第四届理事。1985年加入中国作家协会。著有童话集《神奇的宝山》，诗集《彩石情》、《外国谚语选辑》（合作）、《科学家的童年》，散文诗集《博格达之恋》，组诗《十万大山放歌》《西部萍踪》《鹤楼诗选》《古调新弹》等。作品《按住地球的脉搏》获全国13家晚报征文优秀作品奖，《科学诗创作》获广西科普作家协会1990—1991年文学一等奖，《彩石情》获广西第二届科学文艺创作三等奖。2006年荣获"广西科普创作终身成就奖"，并被广西科普作家协会聘为资深顾问。

重返德保铜矿

别梦常萦在心间，

故地二十六年前。

岁月蹉跎堪回首，

桂西丛莽别有天。

八角飘香田七绿，
深谷有路看飞泉。
最是夏日风送爽，
入夜山泉伴人眠。

八年艰辛磨筋骨，
妻儿汗洒小菜园。
粗茶淡饭苦中乐，
儿女少小知孝廉。

当年矿车穿云雾，
坑口炮声撼山川。
而今重返故地游，
物是人非空嗟叹！

人生之旅路漫漫，
感悟人生即经典。
律己常似秋风劲，
待人更比春风暖。

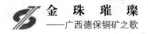

东风暗将年华换，

青出于蓝胜于蓝。

最望儿孙知进取，

梅花香源是苦寒。

　　注：2005年5月初，余偕全家一行，重返阔别二十六年之久的广西德保铜矿，颇多感慨，赋七律纪之。此诗歌登载在《百色情韵》第327页。《百色情韵》为曾在百色地区工作的离退休老同志诗词选集，2013年11月由广西民族出版社出版。

铜山礼赞

造访四十年前我曾生活和工作过的地方。

——题记

东河之水清又清，

携风挟雾山谷行。

红山挥云似惜别，

河水流连清风亭。

园林之中有矿山，

矿山竟在花园中。
今日矿山非昔比，
又出美景又产铜。

垂天铁塔连竖井，
春雷滚滚撼地层。
绿荫花间驶矿车，
车轮飞转拽山风。

当年调度在竹棚，
今朝遥控看视屏。
岁月如歌半世纪，
旧貌新颜山做证。

山巍巍，水淙淙，
八角林翠桃花红。
相思园里休闲处，
欢声笑语抒豪情。

铜山行，兴冲冲，

一腔真情赞矿工。

千吨铜矿万般爱，

铸进铜墙铁壁中……

注：此诗为余2016年3月19日携家人第二次回到四十年前曾经工作和生活过的广西德保铜矿有感而作，2016年3月20日发表于华商论坛、陕西论坛、西安论坛、咸阳论坛。

男，汉族，祖籍湖南，1964年生于广西乐业县，在职研究生学历。曾任中共百色市委对外宣传办公室（市人民政府新闻办公室）主任、中共百色市委宣传部副部长、百色市文化和新闻出版广电局局长、党组书记。现任百色市文化广电和旅游局党组书记、局长。系中华诗词学会会员、广西诗词学会理事、百色市诗联学会名誉会长、百色市思想政治工作研究会常务副会长、中国新闻摄影学会会员、政协百色市第三届委员会委员、百色市第四届人大代表。已在国内各级各类刊物和有声媒体发表诗词、散文、论文、中短篇小说及新闻与摄影作品1000余篇（幅）。

德保铜矿（藏头诗二首）

（一）

铜开山井众群力鼎

铜矿殷殷五十秋，

开来继往任驰眸。

山中砺炼珍珠马，

井下躬耕孺子牛。

众志成城传捷报，

群贤荟萃衍风流。

力征有色乾坤大，

鼎气盈盈盖九州。

（二）

德保铜矿五十华诞

德业咸馨壮志酬，

保赝有道倚同俦。

铜精累累明趋向，

矿冶蒸蒸好势头。

五彩斑斓千度觅，

十成亮丽万般求。

华章高略凭谁问，

诞布红城举世遒。

男，1931年出生。广西田阳县人，北京师范大学毕业。曾任中小学教师、广西右江民族师专教务处处长、副教授。系中华诗词学会会员、百色市诗联学会名誉会长。著有诗词楹联选《涓埃集》及《四壁居诗词选》。

扩展规模

居安日夜要思危，

故步自封终吃亏。

扩展经营铜铁铝，

多元矿业显神威。

黄文焕

　　男，壮族，1935年10月出生于广西田阳县，中共党员。1950年6月参加工作，1990年6月在中共百色市委宣传部退休。现任百色市诗联学会副会长。已出版诗词专集《韵里情怀》。

多元化

立足铜城闯八荒，

发挥优势启新行。

拓宽门路财源广，

步出穷冬沐艳阳。

十 / 人才建设

男，壮族，1935年10月出生于广西田阳县，中共党员。1950年6月参加工作，1990年6月在中共百色市委宣传部退休。现任百色市诗联学会副会长。已出版诗词专集《韵里情怀》。

班子强

超前意识智多星，

善用人才大业兴。

重视民生民信赖，

铜城前景更光明。

注：2011年在企业界普遍困难的不利形势下，广西德保铜矿实现"逆势"增长，产值12亿元，创历史最高纪录。2012年依然保持着良好发展势头。

黄华司

　　男，壮族，字古榕，号篇山樵夫。1950年生，广西德保县人。大专毕业，讲师、一级书法师。20世纪70年代开始发表诗文作品，多次参加全国和世界中华诗词大赛并获有关奖项，现为中华诗词学会会员，中国诗词楹联学会会员，百色诗联学会理事，德保云山诗社副社长、《云山诗刊》副主编。与李恒波先生主编《云山放歌——广西德保古今诗词选集》，该书已出版发行。

铜矿工人

矿工好比土行孙，

劈岭开山取宝珍。

手握钻机谁敢挡？

铜晶闪闪乐开心！

赞铜矿工人

福利亲民矿貌新，

工人井下报知恩。

地球深处寻精品，

一把铜砂一片心。

唐远文

　　男，广西百色市人。系百色市诗联学会副会长，所著的诗词曾刊登于各大报章杂志，著有诗集《风雨月正圆》《梦之缘》。

赞铜工

清香夜漏矿山松，

迷醉新城玉笛中。

采矿吊车朝暮转，

装丹麻袋映山红。

人才辈出芳山秀，

铜锭频增国力雄。

待日渲光衔五岳，

鹏程满眼九重虹。

男，壮族，1955年1月出生，广西德保县人。高中文化，政工师。曾任燕峒乡党委副书记，广西德保铜矿派出所所长、矿长助理、矿办公室主任兼广西万汇铜业有限公司监事会监事、采掘工区书记、68号矿矿长、总经理助理，广西田东锦达矿业有限公司总经理。现为德保云山诗社社员。

赞北大纵横专家（三首　新声韵）

（一）

北大专家智盖群，

才华出众史传闻。

全心为矿①谋发展，

思路清晰愿景新。

①矿：即广西德保铜矿公司。

（二）

早编计划指航灯，

未雨绸缪为众生。

北大专家亲把脉，

铜城面貌美名声。

（三）

铜矿资源量逐减，

早编计划思超前。

更新理念开新径，

换旧思维去旧颜。

未雨绸缪谋远虑，

思危防患众心牵。

高瞻远瞩专家智，

辟出长流万代泉。

赞新班子

造福一方施雨霖，

知人善任众归心。

肝胆相照开财路，

大展宏图面貌新。

十一　智蓝
公司

黄江洪

　　男，1948年生，广西靖西市人。大专文化。原靖西县壬庄乡初级中学教导主任，现为中华诗词学会、广西诗词学会、南宁市诗词学会会员，百色市诗联学会副会长，靖西市诗联学会常务副会长。个人传略及代表作被收入《中国当代诗词艺术家大辞典》《吟苑英华》《八桂四百年诗词选》等多种书。著有诗词集《莲塘吟草》。

智蓝公司

智蓝声誉不虚传，

除害去污关把严。

净化回收环保好，

维持碧水与蓝天。

黄　**图**　**功**

　　男，1943年生，广西德保县人。中华诗词学会会员，百色市诗联学会常务副会长，《百色诗联》副主编。著有《碧水吟》《青山集》《彩云歌》。有1298首诗词发表于国内书刊。曾参加国内诗词大赛，获特等奖24次，金奖134次，一等奖91次。

赞智蓝环保科技有限责任公司

科技兴邦赖众贤，

清滢碧水灌田园。

长空明朗因环保，

锦绣江山艳丽天。

厂房屹立在田阳，

科技之花分外香。

环保引来天地秀，

名牌产品出山乡。

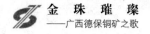
聚合氯化铝赞

清流净化美人间，

万里长空现碧天。

花木葱茏千岭绿，

智蓝环保护山川。

张启侯

　　男，壮族，1955年1月出生，广西德保县人。高中文化，政工师。曾任燕峒乡党委副书记，广西德保铜矿派出所所长、矿长助理、矿办公室主任兼广西万汇铜业有限公司监事会监事、采掘工区书记、68号矿矿长、总经理助理，广西田东锦达矿业有限公司总经理。现为德保云山诗社社员。

智蓝公司（五首）

（一）

右江河畔展雄风，

科技兴安卷巨龙。

政府支持开富路，

智蓝科技创先锋。

（二）

品牌树起右江边，

理念超前改旧颜。

打造一流新产品，

广开财路笑欢言。

（三）

更新理念梦月圆，

龙腾虎跃右江边。

为民打造新生路，

领导雄心志更坚。

（四）

抢抓机遇智超前，

再造辉煌创业篇。

做大做强奔快道，

承前启后喜连天。

（五）

碧水蓝天景色鲜，

科研打造壮山川。

除污净化新工艺，

智蓝公司率领先。

忆江南·赞智蓝环保科技公司

挥旗展，科技助威风。创碧水蓝天美景，智蓝环保打先锋。壮显技高雄。

环境美，草绿又花香。无害无毒空气好，山清水秀沐朝阳。四溢味芬芳。

和谐好，兄弟义情深。患难互相依为命，征程路上共飞奔。你我更开心。

与田阳县政府签订开发
非冶金铝项目感赋

春潮涌动右江边，

携手同心把约签。

政府带头开富路，

征途又遇艳阳天。

神州大地花争艳，

两地豪情手互牵。

大道康庄迈大步，

同舟共济谱新篇。

走出铜业

抢抓机遇举高旗，

立马扬鞭快奋蹄。

协力同心奔快道，

宏图大展艳英姿。

更新理念雄风振，

阔步朝前志不移。

开辟新天创富路，

赶超跨越树新奇。

沁园春·赞智蓝环保科技有限责任公司

伟业前行，上下同心，破浪顶风。智蓝环保好，江边打造，遵循科学，事业兴隆。扬起风帆，乘风破浪，创造辉煌不屈翁。深改革，辟新天新地，劲往前冲。

承前启后光荣，立壮志、前追超越中。已更新理念，超前意识，齐心奋进，声乐交融。打造精心，芬芳吐艳，碧水蓝天映入瞳。豪情壮，颂智蓝科技，万事亨通。

双喜临门

龙年好运千般喜，

园里鲜花缀满枝。

老厂岭坡真宝地，

右江河畔竞商机。

智蓝环保①新兴建，

钢架②流程又奠基。

双燕同台谋发展，

金光大道共奔驰。

①智蓝环保：指智蓝环保科技公司。
②钢架：指钢架重工结构公司。

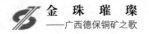
铜矿公司全力打造"广西田阳智蓝环保 科技有限责任公司"感赋

精心打造名流厂，

协力凿开幸福泉。

碧水蓝天谁创造，

智蓝科技奋争先。

十二／车间新貌

郭正学

　　男，壮族，广西德保县燕峒乡人。大专文化。为德保县妇幼保健院职工，德保云山诗社副社长。曾有诗文在公开报刊上发表。

德保铜矿六、八分矿抒怀

　　高山岭顶我安营，

　　采矿未曾分雨晴。

　　汗水湿身心不馁，

　　春风扑面步前行。

　　艰辛企业倾全力，

　　为国争光献赤情。

　　洗掉粉尘舒笑脸，

　　青春无悔利名轻。

黄江洪

男，1948年生，广西靖西市人。大专文化。原靖西县壬庄乡初级中学教导主任，现为中华诗词学会、广西诗词学会、南宁市诗词学会会员，百色市诗联学会副会长，靖西市诗联学会常务副会长。个人传略及代表作被收入《中国当代诗词艺术家大辞典》《吟苑英华》《八桂四百年诗词选》等多种书。著有诗词集《莲塘吟草》。

选矿车间见闻

设备精良工艺新，

科研生产捷音频。

摇床筛选贵元素，

废液之中提取金。

李恒波

　　男，壮族，1950年生于广西德保县足荣镇老坡村。中专学历。1970年12月参加工作，系中华当代文学学会理事，广西诗词学会、南宁市诗词学会会员，百色市诗联学会副会长，德保云山诗社社长。诗作入编国家正式出版物，近年来参加全国中华诗词大赛多次获奖。与黄华司先生主编《云山放歌——广西德保古今诗词选集》，该书已出版发行。

六号矿区（二首）

（一）

一岭风光惹客迷，

铜城每览每依依。

琼楼玉宇林中隐，

胜景瑶池在矿区。

（二）

心旷神怡览矿区，

盘桓佳境叹来迟。

采风喜沐吉祥雨，

井下一流井上诗。

男，壮族，1934年生，广西巴马县人，中共党员，大学文化。历任中学教师，新闻干事，巴马县委秘书，中共百色市委机关报《右江日报》记者、副总编辑等职。广西作家协会会员。著有散文集《敞帚集》，诗集有《五岭吟墨》《福彦诗抄》等。诗词作品在全国多家报刊发表并被收入广西《八桂四百年诗词选》。个人生平传略被收入《广西民族文学大词典》《广西记者名录》等多部辞书。

记　忆

选矿机前景一张，

帅哥眉宇视苍黄。

乳龄随父敲山石，

僻野安家掘宝藏。

居日寻常稀过客，

成亲多半是同窗。

擎旗改革凭新锐，

筚路耕荒念昔良。

男，1943年生于广西德保县一个裁缝工人家庭，1964年考入广西民族学院中文系。1968年毕业后，在凌云县教书十七年，在德保县经商十七年。常在工作之余操笔草拟句子，并汇成手抄本以自赏。

八号矿井

穿越时空板结地层的探测器

用坚韧和信念铸成的钻头窥控

在没有光没有空隙的四百米深处

去发现收获恐龙时代的金蛋蛋

撷天籁之音砌就的扬声筒

向矿脉传达工人亘古的意志和思念

如果地心有电视接收器

定为地表的繁荣景象而歌唱

男，壮族，1945年出生，初中文化，爱好灯谜、格律诗词，1995年加入右江谜社，2000年学习格律诗词，德保云山诗社社员。

铜矿六、八号井赞

翠翠僻山一矿城，

因林幽景露峥嵘。

安全指数高标准，

产品质量佳亦精。

快速腾飞歌启运，

同行先进颂繁荣。

天翻地覆呈新貌，

干部员工汗水倾。

刘 序 畅

男，汉族，祖籍湖南，1964年生于广西乐业县，在职研究生学历。曾任中共百色市委对外宣传办公室（市人民政府新闻办公室）主任、中共百色市委宣传部副部长、百色市文化和新闻出版广电局局长、党组书记。现任百色市文化广电和旅游局党组书记、局长。系中华诗词学会会员、广西诗词学会理事、百色市诗联学会名誉会长、百色市思想政治工作研究会常务副会长、中国新闻摄影学会会员、政协百色市第三届委员会委员、百色市第四届人大代表。已在国内各级各类刊物和有声媒体发表诗词、散文、论文、中短篇小说及新闻与摄影作品1000余篇（幅）。

参加广西楹联学会成立大会
并与诸君交流《金珠璀璨》出版事宜

广袤中华举世钦，

西南杰俊炼真金。

楹从九宇舒天对，

联向八荒顺海吟。

学必拈来千里画，

会当悟就万年琴。

成城梦衍乾坤壮，

立马挥鞭写古今。

十三／楹联撷英

李民浩

男，1938年生，广西武鸣县人。大学中文本科毕业。为广西百色学院副教授，曾任县高完中校长兼县政协副主席。系广西文艺理论家协会、民间文艺家协会、广西诗词学会、中国楹联学会会员，百色市诗联学会常务副会长，《百色诗联》副主编，百色市老年大学诗词教师。已出版诗词联集《雏声集》，散文集《草芥集》、《草芥集》续集等。

拟德保铜矿矿区大门联

历艰辛迎风雨绿水青山留史绩；

承基业展经纶高科强励创新天。

拟东河休闲广场联

玉笛金箫时时闻笑语；

轻歌曼舞处处荡春风。

男，壮族，1929年生，广西德保县人，中师文化，中共党员。1953年参加工作，历任中小学教师，县教研室研究员，县水利指挥部办事员，县政协机关业务科科长，广西诗词学会会员，百色市诗联学会和靖西市诗联学会理事。三十年来，先后发表436首诗。个人传略已被收入《中国诗人大辞典》等多种辞书。

德保铜矿楹联

（一）

挥笔书联歌德宝；

嵌名染纸赞铜都。

（二）

铜矿明珠无瑕点；

广西企业有丰碑。

（三）

轻歌曼舞莲城曲；

瘦竹青松铜矿诗。

铜矿象棋室

修身养性，提高大众精神境界；

竞技出招，显示本身智慧才能。

铜矿会议室

改革途中加油站；

长征路上里程碑。

男，壮族，1933年4月生，广西德保县人。大学毕业。先后在德保县武装部、县委组织部任职，1997年退休。广西诗词学会会员，德保云山诗社副社长，《云山诗刊》主编。

为德保铜矿廉租住房落成撰联

情深义厚职工冷暖千般都到眼；
济困扶贫党委民生二字最关心。

国兴盛举扶贫济困鸟倦归巢飞笑语；
世有真情关注民生莺迁得所放欢歌。

心系民生建起廉租屋绿色矿山添美景；
胸怀党德迁居幸福楼孤寒棚户放欢声。

惠政生辉公司领导求真务实建成人间广厦；
矿山放彩贫困职工笑语欢声进住世上琼楼。

男，1963年5月生，广西凌云县人。1985年7月毕业于广西供销学校百色分校财会专业。助理会计师。在《会计学家》《中国茶叶》等15家刊物上发表学术论文多篇，作品曾获奖并入选大型理论专著，是《古今凌云》一书撰稿人之一。爱好中华诗词。

联赞德保铜矿

德高矿业辉煌就；

望重铜人富裕成。

十四／散文集萃

开拓者的回顾

德保铜矿是我家门口的一座宝库,从20世纪60年代开始发现并开发,至今已有五十多年的历史,她为社会主义现代化建设和德保县的经济发展做出了应有的贡献。

我是1969年2月在燕峒公社参加德保铜矿勘察队伍的。当时根据自治区领导的指示精神,在燕峒、龙光两个公社临时招收一百名青年民兵支援地质探矿工作。那时候我刚从广西农校毕业回乡,在毛主席"知识青年到农村去,接受贫下中农的再教育"的号召下,我毅然报名参加地质队工作,去接受"工人阶级的再教育"。来到德保铜矿钦甲矿区,阳春三月的铜矿工地,到处是春意盎然、勃勃生机的气象。展现在我眼前的是崇山峻岭,森林茂密,只有弯弯曲曲的山路,把我带进那幽深的山谷。我当时参加的是广西第二地质队,是自治区为德保铜矿上马,加速探明铜矿储量的地质勘查队伍。时间紧、任务重,条件艰苦。在地质队伍里有十多个工种,我被分配到钻机班当钻工。矿区分成三个工区,驻地是简陋的工棚,也叫油毛毡竹搭棚。探矿队开动八台钻机，全面铺开地质勘查工作。为尽快地收集地矿储量，我们的地质建设者们，不分白天黑夜，风餐露宿，风雨无阻，晴天一身汗，雨天一身泥，发扬一不怕苦二不怕死的精神，拼命干。我到地质队不到半年就被任命为钻机班班长。当班长责任重大，必须掌握钻探全部技术操作和熟识机械性能，了解地层变化情况，并采集好矿层的样品，达到每个钻孔的钻探质量。机台执行二十四小时工作制，没有节假日，周而复始地轮班上阵，做到人停机不停，人休机不休。在生产中轻伤不下火线，一心扑在矿区的工地上。一年三百六十五天都是在矿区的深山老林里度过。我们住的是油毛毡竹搭棚，吃的是萝卜干和咸菜。德保铜矿钦甲矿区山高林密，山头常年云雾缭绕，阴雨连绵，山陡路滑，地面潮湿，还有山蚂蟥。在上班的路上，天天都被蚂蟥咬。如果是下雨天，地面潮湿，蚂蟥还会爬上床来咬人，给地质探矿工作造成不小的危害。因钻机作业点离驻地较远，上下班在路上耗费一两个小时是经常的事，一台钻机能钻探四五百米的深度，有时需要两个多月才能完工。钻工们不分昼夜地在崎岖的山路上滚爬，一不小心，就会滑到几百米深的山谷，生命难保，非常危险。我所在的钻机班曾有一个钻工是龙光乡人，上夜班因路滑跌倒，嘴巴磕碰到石头上，四颗门牙全掉光。安装队在开机中被突然滚下的石头砸中，当场压死一人，重伤二人。工作的危险和艰苦程度可想而知。由于钻探工作点多线长、流动性大，我们像游击队一样，打完一个山头，又转移到另一个山头去重新开孔。我们钻探任务是为了取得地矿资料，按照地质技术人员对每个矿区的划分布置钻孔进行打孔，普查钻孔距100×100米打一个孔，详勘孔50×50米打一个孔，有的钻孔布置在山顶上、山崖上、河沟里。为了取得准确的地矿资料，无论遇到多少艰难险阻，有条件上，没条件也要创造条件上，逢山开路，遇水搭桥。思想上装着为国家找矿而干，以献身地质为荣。地矿健儿们有坚强的意志，过硬的思想，精湛的技术本领，高山险阻何所惧，有要让高山低头、河水让路的英雄气概。每当钻孔搬迁开新孔，大家把几吨重的钻机、柴油机、水泵、铁塔、铁杆等用人抬肩扛的方式安装到山顶上，这是多么艰难困苦，但这些困难都一个个地被我们克服了。在那无人烟的荒山高坡上，在连绵的崇山峻岭里，我们地质钻探的机器声隆隆，打破了这里昼夜的宁静，钻机飞转，山摇地动，一米一米往下打钻，可达400~500米或上千米的深度，把一节节的岩矿芯取上来。当地质编录员喊出见矿了的声音，我们矿工心花怒放，兴高采烈，忘却了一切辛苦。我们的材料员把矿样品送去化验，鉴定铜的含量品位达到开采要求，计算矿的储量，把地矿报告资料提交采矿部门，并按探矿提供的矿藏分布进行有计划的建矿厂开发。德保铜矿石是边勘探边开采的富铜矿。山上钻机飞转，见矿捷报频传，山在呼叫，山下采矿巷道里装满矿石的翻斗车运出坑道口，粉矿机不停地吼鸣，繁忙的车辆来回不停地把铜矿粉运出冶炼。我们地质队勘探出来的铜矿，融进建设社会主义大队伍中。战天斗地开发矿区的情景，至今在我们脑海里记忆犹新，一幕幕的惊险场面历历在目，永世难忘。

经过地质部门的艰苦勘探，探明了德保钦甲地下的矿藏资源。钦甲矿区是一个含铜、金、锡、银、铁等多种有色金属的矿区，矿藏主要是含铜的品位高、质量好，易开采利用，是不可多得的铜矿资源。

绿满铜城

当我来到"广西百强""全国百佳"的广西德保铜矿，就置身于绿色的天地里，沐浴在绿色的海洋中。被四周绿色陶醉了的心，激情喷涌，我要为铜城的绿色，绿色的铜城而放声高唱！

广西德保铜矿是广西最大的铜矿生产基地，有近半个世纪的开采史和6个矿段的规模，但在这里却看不到遗留的土坑，残留的废石废渣，看不到翻开的泥土和崩塌的山体，也看不到植被和树林的半点创伤。环绕矿区的座座青山，仍然是原生态的层峦叠嶂，仍然是苍苍古木，绿叶交柯连天碧，仍然是茁壮的树苗嫩绿新绿年年长。君不见，山势起伏，涌起万顷绿色波涛，朗朗蓝天，朵朵白云在茫茫林海间飘荡，百鸟对对欢歌，山花吐艳散芬芳。好一派铜城之绿美风光！

漫步在矿区，就像走进绿色弥漫的春天。空气清新，淡淡花香沁心田。2016年落成的8栋高楼住宅，掩映着行行绿树，直耸明净的蓝天。朝晖夕照，绿树摇风送凉爽；

皓明彩灯，树影婆娑舞翩翩。整齐对称的花圃，四季鲜花开锦绣。方阵有序的草坪，铺满了绿色的地毯，平展展，绿油油。家家门对千张画，处处绿景似诗篇。迎着红山脚下流来的东河水，洁净清幽，流过门前宅后，流过亭台花径，流过曲折彩桥，像恋人在低语，像仙女在歌舞，像乐师轻扣琴弦年年月月弹唱着一支绿色音符的天籁之歌……啊，绿色的铜城可谓集天地人美之大成，处处充盈着绿的生机，处处浮动着绿的光影，疑入蓬莱岛，似梦武陵源！

人们在连声赞扬铜城绿色美景的同时，是否领略了铜城人在实施绿化系列工程付出的巨大努力？是否真正读懂了绿化铜城的深层内涵？是否悟出了这个国家级环保典型的本质意义呢？请看，他们长期坚持用废石废渣填满填实了采空区，工业场地、废石场、沉淀池、选厂、矿尾库和运输线路旁，种上的一片片草皮，早已遍地碧绿，一排排绿树也长得枝繁叶茂。筑起的725米长的挡土墙坚实如初。迅速修复了植被，还原了地形地貌。因此，从未有过岩石裸露、滑坡、坍塌现象。巍巍群山根基牢固，依然顶天立地，郁郁葱葱！高科技的振动放矿采场挤压爆破，不闻轰隆声响，不见尘土飞扬，没有毒害气体的异味，只见一批批矿石翻腾而出。同时，矿尾废水的回收利用，提炼出金银铁锡，宝贵的矿产资源一丝一毫都提取。加上湿式作业，三废的循环利用，都大大减少了空气、水质和土地的污染。绿色矿山的9项规定和过硬指标，都全部达到国家标准。高科技的力量，汗水的浇灌，化育成漫天遍地的绿色美景，广西德保铜矿连年赢得省级、国家级奖励的殊荣。

面对绿化工程的显著成果，人们更应当做深层的思考：广西德保铜矿的领导班子与时俱进，观念更新，树立科学发展观，强化环保意识。矿山为人类献宝，人类更爱护矿山，造福后代子孙。措施有力，拨足资金。于是，人人都有爱绿护绿打造绿的信心与恒心，尽心尽力，那才是培植花草树木最好的土壤，才会化育出那望不断、看不够的绿色画卷，数不清、享不尽的绿色回报，呈现出效益与环保的和谐发展，持续着人类与自然生命的发展。这应当成为环保典型意义的核心！

德保铜矿赋

德保铜矿，声誉远扬。称"全国百佳"，列"广西百强"。世人皆瞩目，连年受表彰。君不见，宽敞大厅金光闪，奖牌璀璨，奖旗琳琅，且闻口碑传四方。

回眸基业初创，风雨路程长。举目何所见？深山雾漫漫，野树莽苍苍。狐猴出没，雁鹰飞翔。坚定创业者，披荆开路，伐木搭房。头顶如烤烈日，身挡似箭风霜。悠扬歌声飘天外，纵横足迹满山冈。终盼来，胜利投产之日，金鼓震山岳，红旗映朝阳。庆功，功赫赫；报喜，喜洋洋。手捧珍宝献给党，欢呼声里泪盈眶！君须记：前辈血汗成硕果，矿史应书第一章！

初战告捷，又展新猷。半个世纪甘苦，四十五个春秋。步步技改扩建，新科学立竿见影；层层创新管理，诸环节运转如流。从日产五十吨到八百吨，从原料型单项开采，到采选冶为一体。除铜而外，兼有金银锡铁多业并举。喜得天保之天宝荟萃，灿若群星耀九州。雄居广西铜矿基地之首，采选冶联合企业之最，连续五年荣获广西优秀企业之桂冠。领奖台上，掌声雷动热血涌，花束挥舞喜泪流。不辜负，双手蜕去千层茧；多回报，青壮年华变白头。视矿如命，为国分忧。此乃志士胸怀之所向，精英夙愿方可酬。

且看新班子，深知以人为本，本固而花果丰盈之理，以科学发展观之理念，燃起三把火，倾注满腔情。广开言路，遍访职工；几番调研，兼听则明。乃成系列之决策，全矿上下一股绳。引进人才，排头攻关主力军。安置子女就业，惠及每个家庭。与退休人员漫话心语，排忧解难暖心灵。绿化美化环境，路平水净山青。步入休闲广场，八音齐奏，玉振金声，歌舞乐升平。实施六项大工程，各尽其能；兑现十五件实事，以重民生。似春风吹遍，生机勃勃；从心底鼓励，热气腾腾。纷飞传捷报，无处不欢声。铜金属生产指标、利润总额、安全节能标准、职工纯收入节节上升。为此，再授予省部级国家级十余个奖项。媒体传播，赞声鹊起，遐迩尽知名。仰视茴香之乡兮，升起企业灿烂之星！

望前景，豪情涌。迎千重激浪，乘万里东风。跨行业，跨区域，跨国界，无比壮阔；集团化，多样化，国际化，现代化，科学化，何等恢宏！老矿新姿焕发：开画卷，簇锦绣，耀彩虹！

红山赋

　　矿区东隅，巍巍红山。赏风光之殊异，感底蕴之不凡。征途起步，骏业摇篮。长追思：斩荆棘以开路，履坎坷而闯关。莽莽丛林常进出，巉巉石壁勇登攀。风雪严寒，肌肤皴裂僵手足；骄阳酷暑，汗雨淋漓透衣衫。夜忘一宿，日误三餐。探寻矿脉，测定储量，欻乃高歌天将暮；鉴别元素，验明含率，茅棚灯影夜阑珊。曙色丹心蓝图灿，战旗翻飞照红山。

　　山麓一侧之八一一洞者，黝黑幽深，直通山腹，乃巷道出入之所由也。矿长张先生，愀然挥手曰："当年第一车矿石携带成功投产之喜讯，由此运出，冈峦上下，乃一、二矿区之旧址也。"轻抚草木丛中之残壁碎瓦，犹见前人开山取宝之状。强劲旋风钻，铁臂舞银锄。人人双手厚茧，个个满身油污。引爆破，排险情，争当王进喜；凿石壁，开巷道，甘做顶梁柱。爱矿如家，堪称人上人；为国献宝，乐吃苦中苦。连夜加班，谁个不嫌少？逐年增产，何时能知足？佳绩累累，英模济济，千篇万卷不胜书！

喜看今日之规模,名列广西之最。集采选冶于一体,年采选二十六万吨,产铜精矿二万吨,精铁矿二万五千吨,屡创新高。犹产锡铝金银之产业链珍品。获广西百强、全国百佳之桂冠,国家绿色矿山之殊荣。安全避险六大系统工程达标,亦属广西首创。二〇一一年产值一点二亿元,三年后十二亿元,五年后二十亿元。有矿区深部开采,外围空白区探矿之强大潜力,高新科技,况高效团队之雄心,美梦定可成真。嗟夫!红山奠基之铜矿,四十八个春秋,赢来数十奖状奖旗奖牌,如星日之朗照,璀璨生辉。而今步步跨越,日夜兼程,迈向繁花似锦之永恒之春!

壮哉红山!一部光荣史册,千寻伟业丰碑。峰插云霄,恰似先驱之轩昂;气吞鸿蒙,可喻英豪之怀抱;绿意葱茏,伴随矿业之欣荣。千回解读思无限,万代观瞻情愈深。美哉红山!明星企业之魂!

相思林探趣

说是探趣，其实，整个感觉却是梦幻似的。

直探云天的两排大山，飞夹着一条深幽莫测的冷涧。充满诗情画意的山门，彩旗飘扬。那诗画长廊，光辉灿烂。锦绣般的四面荧屏，像是迎接八方游客的到来……好一派世外长廊。

逼天的丛林，与彩霞相衬，显得更苍茫、更神秘、更可爱。无数攀崖过江的老藤，欲将大地网住，使这里显得更古远更幽静。涓涓涧水，在柔风沁气中日夜咏唱。在那流翠飞花间，丽鸟争歌。那乐唱的群蜂，流浪在万朵丛中。那纷舞的彩蝶，漫赏着不尽的绽蕊。情意缠绵的男女，不离不弃，他们往往把人生的夙愿寄托于这片溅银流玉的山林。

曲径小桥，建成了通往幽深的远方，那里真让人质疑：是否藏龙卧虎，是否仙桃盛开、群娥共舞的地方？溯涧而行，随处可见清新无尘石头石板，真诱人枕石而眠，围石而唱。林间设有称心的澡堂，下班后，职工们可洗得

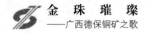
上冷热皆宜的天然纯净水，工人们无忧无虑。

林间溪涧平行，小桥连锁。亭台榭凳，舞池风屏，诗书画廊，点缀林中，琳琅满目。假日工后，男女老少，叔叔阿姨，大哥小妹，三三两两，纷至沓来。四周群众，远近游客，也常来常往。

相约而来的年轻人，携手搭肩，款款而至，移步在那漫无目标的林中小道上，有的脉脉含情，有的笑声朗朗，共同憧憬着美好的未来；有的翩跹起舞，昂首高歌，那轻盈的舞步，好像已将他们带到了那终生向往的恋情顶峰。

林中的叔叔阿姨们，有的并肩而行，有的挽手漫步，有的靠椅饮茶，娓娓而谈，窃窃私语，音调悠柔，情景和谐。也有的叔叔阿姨，漫步舞池，双双起舞——他们好像在追寻以往的恋情天地，重温那充满美妙充满梦幻般的人生景点，去充实人生那绚丽多彩的幸福港湾。

林中相聚的老人们，多围台而坐，有的倾杯品茗，有的举觞爽饮，有的下棋赛弈，有的谈古论今，天高地厚，有的时论政贤，畅谈盛世，同贺安康，共祝未来。

来到林中的男女老少，尽显各自兴趣：有的阅览书画，津津有味；有的挥笔绘画，赏意无穷；有的飞墨书法，力挽狂澜；有的吟诗作赋，吐故纳新，讴歌社会，针砭时弊，其乐融融。

在娱乐场内，小孩们追逐嬉戏，欢乐的笑声响彻山林。那动听的歌声，陶醉无数的游客；那弦胡清音，妙压那永不消失的洞韵；那悠扬的笛声，让那随风滚动的白云停步；那抑扬顿挫的吟赋声，匡住时代的强音。鸣禽啁啾，洞水汩汩，欢声笑语，笙歌悠扬，交织成相思林这片休闲中心独特的乐章——柔风正时刻将相思林盛景神韵带走，带出林外，带出世界，带到人们的心目中。

怪不得，铜矿的工人们发出了肺腑之感慨："休闲唯有相思苑，愿做工人不做仙。"言之其实也。

铜城礼赞

　　我素来以为今世与厂矿无缘，大半辈子从学校到学校。一提起矿山，脑海中便浮现出尘土飞扬、雾霾弥漫，空气浑浊、臭味熏天、乌烟瘴气的场景。

　　2015年10月20日，我参加百色市诗联学会组团到广西德保铜矿采风，终于大开眼界，认识了什么是绿色矿山，彻底改变了过去对矿山的看法。

　　一到矿区，就像走进一座大花园，绿草如茵，碧水蓝天，环境优美，空气清新，鸟语花香。简直到了蓬山仙境之处。矿区四周群山环抱，林木参天，花草繁茂。特别是一排排桃树装点着高耸入云的8号竖井架，一道清溪从井边的山麓流过，就像五柳先生笔下描述的桃花源。我不禁想起唐代诗人张旭的诗句："桃花尽日随流水，洞在清溪何处边？"

　　可惜的是，我们来时正值深秋初冬，看不到鲜艳的桃花。我想，如果我们在阳春三月，风和日暖的季节来，我这篇短文就该取名为"在那桃花盛开的地方"，那将是无与伦比，妙不可言。

时代在发展，观念在更新，科技在进步，思想在解放。铜城人发扬"团结奋进，快速发展"的企业精神，坚持美化环境、建设绿色矿山的原则。打造绿色、生态、文明、和谐的矿山环境，荣获国家"环境保护优秀企业"的光荣称号。我为铜城人取得的辉煌成就感到无比自豪。

铜城人置身于如诗如画的人间天堂。作业施工有绿色、生态、安全的和谐环境，业余生活有休闲、娱乐的文化长廊。尽善尽美，称心如意。无怪铜城人爱矿如家，以矿为家，甘心献身矿山的开发建设，"愿做工人不做仙"。

德保铜矿散记

　　站在岁月的窗口，看太阳升起落下，观寒暑更替，触动了往事的回忆。

　　六十多年前，全民大办钢铁的年代，我们曾在这里烧炭、开矿、筑炉子，两人拉的大风箱吹旺我们的热情和意志。

　　在茫茫森林里，我们像卖炭翁一样，砍树、断节、码堆、覆土、点火。累了，在一人高蕨草下野兽出没的通道里歇息。

　　几锄下去，能碰到零散矿石，褐色，金黄新断面，鲜鲜地闪着光，在一个花季少年的眼里，可爱得令人涎滴。

　　捧着矿石，我们憧憬着：建一个大工厂，不用上山烧炭，不用锄头挖矿，不须拉风箱子；电闸一开，让沉睡千万年的矿石，炼成钢筋铜丝，在新生活建设中献身，造福神州大地；让天堑大江架起彩虹，让高楼摩天立地，让飞机去亲吻白云，让汽车在原野上飞驰……

　　太阳是黑暗的天敌，一丝阳光便可撕破梦的外衣。

终于，1966年6月，广西德保铜矿挂起梦想成真的牌子，奠基的礼炮，唤醒群山，粗犷的山歌声寄托着德保人民的祝愿与心意。

20世纪90年代，我儿子光荣地当上铜矿的采矿工人，他和他的工友们，为实现父辈的梦想，在坑道里把理想的风钻对准历史曾经板结的坑壁，开拓一路闪光的历程，将时间的鞭子高高举起，用加速度抛光一曲火红的人生经历，唱响掘进之歌铿锵的主旋律！

世界惊诧中国速度，四海惊诧中国工人的聪明才智。半个多世纪过去了，广西德保铜矿在艰难中完成起步、发展、腾飞三部曲，终于成为广西最大的铜矿生产基地。一代代铜矿人勤劳坚强，他们用血汗和热情，把一个花园式的企业镶嵌在钦甲大地。每日，饱含铜矿人深情厚谊的矿粉，源源不断地运往外地。汽笛声声，在山间回响，似乎复诵着：前进！前进！永不停息！

我相信，铜矿人的脊骨奔涌着五千年血气，当太阳又一次在新年日历上起航的时候，力的变奏曲将辉耀着德保铜矿的每一个日子！

情怀铜矿

忆当年，阴雨连绵五月天，豪情满怀赴铜矿，正适扩建高潮掀。换新装，手握镐头上山冈。甩开臂，创业急，青春常伴月；还家少，新人意必惆怅。

曾记得，志向远，路艰辛，战天斗地意志坚。常有喜庆捷报传，矿业有成心舒畅。回味当年求进步，誓将德绩立标杆。激情岁月数此时，谱写难忘青春歌。

岁月稠，瞬间已白头；六十年华似水流，人生将尽头。情悠悠，记忆新，天际宽，思绪缠，老翁异乡思故地，铜城今如何？往日梦仍在，战友在哪里？盼相聚，共厮守。

十五　企业
综述

铿锵铜城写春秋

——前进中的广西德保铜矿

广西德保铜矿有限责任公司成立于 2011 年 10 月 18 日，由广西德保铜矿改制而来，其前身是广西德保铜矿矿山，建于 1966 年 6 月，是广西壮族自治区首批发展的矿冶工业企业之一，属国有中型企业，为百色市直属企业，现为百色市人民政府国有资产监督管理委员会监管。历经 53 年的发展壮大，企业现已发展成为集采、选、冶于一体的广西最大的铜矿生产基地、国家级绿色矿山试点单位、广西非煤矿山安全标准化的标杆企业。生产的主要产品有铜精矿、铁精矿，附产品有金、银、锡、硫等，矿石中含有锗、镓、铟等稀有金属。最近几年，公司实施跨行业跨区域发展战略，生产产品还有钢结构、非冶金铝等。

广西德保铜矿有限责任公司是镶嵌在桂山区的一颗明珠，公司位于驰名中外的"天保茴油"的故乡——德保县燕峒乡境内。"天保茴油"久负盛名，素有"没有天保茴油，巴黎香水不香"之美誉。公司矿区距德保县城33千米，距百色市112千米，距南宁市278千米。企业占地面积12.33平方千米，矿山设计采选处理原矿能力为26.4万吨/年，铜精矿年生产能力为15000吨、铁精矿年生产能力为25000吨，公司拥有一批采矿、地质、测量、机电、环保、化验、财会、教育、政工等高素质的专业技术队伍，技术力量雄厚，是广西最有竞争力和最具发展潜力的铜矿生产企业。

一、企业历史沿革

1956年2月，广西地质局桂西地质大队进山普查，在矿区1、2号矿段开拓探矿巷道见矿。1958年4月，德保县政府在"大跃进"运动中，组织400多人进山砍树烧炭大炼钢铁，其中有120多人从探矿窿内采出铜矿石来炼铜，因烧结不成，后丢弃土炉离去，至1960年初全部人员撤离矿区。1961年7月，广西冶金局决定，从田东县冶炼厂、东南金矿、柳州钢铁厂和平桂矿务局等单位抽调人员，与原德保县留下的部分人员共180人开办矿山，定名为"广西壮族自治区德保铜矿"。工人们因陋就简地在采矿坑口边建设一个50吨/日处理量的小选厂，从探矿窿内采出铜矿石来选矿。当时技术力量薄弱，管理水平低，选矿回收率只有72%～75%，铜矿精矿品位也只有14%～16%，吨铜金属成本为3200元，铜精矿由自治区调配给南宁铝厂搞湿法冶炼，所产铜锭的单位成本约7000元/吨，而国家定价每吨铜金属只有4000元，亏损较大。1962年10月，国民经济进入调整时期，广西冶金局决定矿山下马，在人员处理方面，大部分人员调入冶金系统其他各单位，少部分精简还乡，矿山只留一人看守设备。

1966年4月，广西冶金局决定续办矿山，从平桂矿务局、地质队和学校毕业生中，抽调185名干部、技术人员等，进入钦甲矿区筹建采选规模为50吨/日处理量的选厂，仍定名为"广西壮族自治区德保铜矿"，由广西冶金局直管。在矿山建设中，全体职工发扬"自力更生、艰苦奋斗"的精神，肩挑背扛，高唱"咱们工人有力量，锄头铁铲一起上"，尤其在选厂扩建工程中，矿领导带领全矿职工、家属子女一起上工地，砍树修路、挑土平基，连续奋战一个多月时间，终于把选厂建起来。这其中发生了许多感人的事迹，老干部、党委书记曹文华同志在工地现场指挥时，不幸被砍下的树木压伤了小腿，大家要背他去医院，他坚决地拒绝说："我是指挥员，怎能离开战场！"医生给他包扎后，老书记忍着疼痛，又继续指挥战斗。在建设生产区和办公楼时，为少占农田，矿党委又号召广大职工、家属参加义务劳动，劈山改河，把河水引向山边，赢得大片建筑用地；连续工作两个月时间，使矿山粗具规模，让铜矿在昔日深山老林、人迹罕至的大山沟里扎下了根。1966年10月1日终于顺利生产出较高品位的铜精矿。但因受"文化大革命"的影响，生产材料、设备配件供应一直不正常，使生产经营一直处于停产或半停产状态。到1969年底，矿山的作业量、产量、产值和各项技术经济指标，均未能达到原生产设计要求，四年累计亏损161.45万元，人均亏损额达9019.55元，矿山发展处于十分困难境地。为使矿山生产规模扩大，进一步降低成本增效益，1969年4月，广西壮族自治区革命委员会工交指挥部下发关于德保铜矿基建设计任务书，批准矿山进行扩建，建设采选规模为300吨/日处理量的选厂。工程由广西冶金设计院设计，广西第一建筑安装工程公司承建，1970年7月开始动工，1971年7月1日试产成功后进行计划生产。

1973年10月，广西冶金局以革冶字〔73〕便字第6号文，批复德保铜矿再扩建方案，同意德保铜矿采选规模由300吨/日处理量扩建到500吨/日处理量水平，并由广西冶金建设公司承建。1977年10月选厂扩建竣工，并进行试产。1979年10月，矿山2号矿段的811主溜井，以及从采矿坑口至朝阳选厂的运输电机车线路全部竣工并正式交付使用。从此，德保铜矿进入了规模化生产的发展时期，为以后的矿山建设和快速发展打下良好的基础。

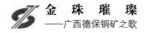
矿山自1966年4月组建以来，风雨兼程迄今已走过了五十三个春秋。其间隶属关系也曾几经演变，1966年至1970年为广西冶金局管辖；1971年至1977年12月下放百色地区重工业局管辖；1978年至1983年9月收归广西冶金局管辖；1983年10月至1985年划归南宁有色金属公司代管；1985年划归广西壮族自治区有色金属工业公司管辖；1986年5月再次下放百色地区工业局管辖，并于1988年9月正式移交完毕。

二、企业发展现状

为进一步做优、做强、做大，适应市场经济发展需要，企业进行了公司化改制。于2011年10月13日注册成立公司，并于同年10月18日举行公司挂牌成立仪式。改制后企业名称变更为"广西德保铜矿有限责任公司"，属国有独资公司，是百色市委重点管理的市直企业。公司目前拥有两个全资子公司（广西德保兴宏润有限责任公司和广西田阳智蓝科技环保有限责任公司），一个控股公司（广西德保鑫瑞达工贸矿业有限责任公司）；参股公司有百色右江华润村镇银行股份有限公司；实际控股管理的公司有两个：广西田阳江智重工有限公司、广西田阳锦宏矿业有限责任公司。直属单位有6号工区、8号工区、8号南部工区、4号工区、小龙工区、选厂、职工医院、物流公司、物业服务公司等。

多年来，企业不断强化内部管理和规范生产经营，重视和加强企业文化建设，先后荣获"安全生产先进企业""重合同守信用单位""百色市优秀企业""百色市先进基层党组织""广西经济效益百强企业""广西有色工业企业管理先进单位""广西优秀企业""广西职工思想政治工作先进单位""全区国资系统创先争优和党组织建设年活动先进基层党组织""广西民族团结进步先进集体""广西壮族自治区清洁生产企业""广西优秀劳动关系和谐企业""中国行业100家最佳经济效益企业""全国'安康杯'竞赛优胜企业""全国模范职工之家""国家级绿色矿试点单位""全国绿色矿山企业"等荣誉称号，开创了新铜矿建设的崭新局面。

特别是2010年以来，企业以"绿色矿业　美好生活"为公司使命，以"做优、做强、做大，成为最具成长性的多元化矿业集团"为公司愿景，大力实施标准化安全生产、清洁生产和绿色生态文明建设。矿井安全标准化建设在2011年全区安全标准化验收中获全广西最高评分，成为"广西非煤安全生产的标杆企业"。实施安全"六大系统"建设，是广西非煤矿山第一家投入使用"六大系统"的企业，成为广西非煤矿山"科技兴安"的典范。其中公司6号、8号矿的井下避灾硐室被誉为"广西首家、全国一流"。

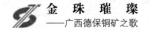
　　目前，广西德保铜矿有限责任公司正以资源为基础，以市场和产业政策为导向，以人才和技术为核心，立足百色，实施投资主体多元化、产业结构集团化、产品发展产业化、企业生产规模化，为百色工业腾飞再立新功！为百色经济社会发展做出新的更大贡献！

后　记

　　《金珠璀璨——广西德保铜矿之歌》是一本以诗、词、联、赋为主要文体而讴歌广西德保铜矿五十三年辉煌历程的集子。

　　深入厂矿企业，以诗歌、楹联、散文等艺术形式歌颂企业的光辉业绩，是百色市诗联学会几年来的创作活动之一。这本诗文集，正是这一实践的结晶。

　　广西德保铜矿创建于1966年，是广西的一个中型矿业公司。建矿五十多年来，在矿党委和公司的领导下，全矿职工艰苦奋斗，不断创新，使企业多次转型升级，终于成为闻名区内外的多元化矿业集团，成为广西最大的铜矿生产基地。广西德保铜矿先后荣获"广西经济效益百强企业""重合同守信用单位""广西工业企业管理优秀单位"等称号，被评为中国行业100家最佳经济效益企业之一。

　　为了能准确而系统地反映矿业公司的发展过程，反映公司在生产、生活各个方面的辉煌成就，歌颂在公司发展过程中涌现出来的先进模范人物，百色市诗联学会从2011

年起，在时任百色市委宣传部副部长刘序畅（兼任百色市诗联学会常务副会长）的带领下，先后多次来到广西德保铜矿采风。采风活动得到了广西德保铜矿公司党委和领导的大力支持。在座谈会上，公司的领导黄正却、罗必本及其他领导热情介绍了公司的建设和发展情况。张启侯、岑建国等同志还带领采风的诗人参观了公司的矿井和车间，了解各车间的设备及生产流程，然后又带领大家来到了矿业生活区，了解职工的生活状况。在采风过程中，诗友们耳闻目睹了矿业公司的巨大变化，创作热情被激发。采风活动结束后，共收到百色市诗联学会和铜矿公司职工的诗词、楹联、散文等作品300多件，以传递铜矿"好声音"，释放企业"正能量"。

岁入己亥，广西百色市诗联学会与广西德保铜矿有限责任公司决定择其优者集成册，共同组成编委会，将所选作品分为红旗导向、辉煌业绩、科技巡航、英雄赞歌、安全生产、南国桃源、资源开发、民生保障、多元铜矿、人才建设、智蓝公司、车间新貌、楹联撷英、散文集萃、企业综述、铜影流芳等十六个板块，交由广西人民出版社出版。

本诗文集由刘序畅同志担任总策划并主编、总审；雷奇文、李民浩、陆大经等同志审阅了全部稿件；黄图功同志则按作品内容把作品分类设栏，进行了编辑；陆大经与铜矿公司的黄正却、罗必本、岑建国等领导对作品的编排、内容的充实和照片的采用等方面进行了多次协商；百色学院副教授、百色市诗联学会名誉会长雷奇文先生为诗文集写了序。因此，这本诗文集是百色诗联学会和广西德保铜矿共同努力的结晶。

本诗文集部分图片由赵汉伟、郑勇、覃伟等拍摄，其余均由广西德保铜矿收集提供。在此，对本书所有作者、摄影者一并表示诚挚的谢意！

八年采风，八年编创。《金珠璀璨——广西德保铜矿之歌》亦成为广西德保铜矿向中华人民共和国成立七十周年暨百色起义九十周年的献礼之作。

广西百色市诗联学会

广西德保铜矿有限责任公司

2019年7月1日

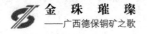

金珠璀璨锲梓扬帆

——本书主编以诗代跋（冠首）

金玉声催锦绣诗，

珠玑润色舞千姿。

璀瑳矿野连天涌，

璨绮铜精彻地驰。

锲镂古今皆得韵，

梓行中外正当时。

扬风抁雅骚人颂，

帆海迎曦寄远思。

（己亥仲夏序畅谨致）

铜影流芳——广西德保铜矿图片选辑

广西德保铜矿有限责任公司俯瞰图

广西德保铜矿有限责任公司

广西德保铜矿有限责任公司（简称铜矿公司）前身是广西德保铜矿，建矿于1966年，从1966年到1987年属广西冶金局管辖；1988年正式移交由百色地区管辖；2011年10月18日企业完成公司化改造，企业名称变更为广西德保铜矿有限责任公司。

铜矿公司是百色市属国有独资重点骨干企业，为广西最大的铜矿生产基地。目前公司主要产品有铜精矿以及附属金银、铁精矿、锡精矿、铝酸钙粉、钢结构等。

2011年10月18日广西德保铜矿
有限责任公司成立揭牌仪式现场

广西德保铜矿有限责任公司第一届领导班子规划企业发展

2017年2月广西德保铜矿有限责任公司部分领导班子成员

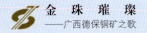

先进技术

　　铜矿公司建矿以来，紧跟时代和技术的进步，不断探索采矿、选矿等技术，同时购买了很多新的设备提升铜矿采选的效率和品位。作为广西区内最大的铜矿企业，公司一直秉承"树立新观念、推行新技术、开发新工艺、实现新发展"和"安全标准化、管理规范化、矿区园林化、发展科学化"的"四新四化"建设，为公司的可持续发展提供推动力，取得了良好的效果，创造了良好的经济效益和社会效益。

子公司田阳智蓝环保科技有限责任公司厂房

兴宏润公司漂亮宽敞的厂房

井下工作场景

铜矿公司选厂磨浮车间大球磨机

铜矿公司选厂使用的国内最先进的陶瓷过滤机

安全生产

　　铜矿公司坚持安全发展理念，认真执行"五落实五到位"，不断健全完善责任体系和管理体制建设，安全管理成绩显著，安全标准化建设由原来的三级标准提升到了二级标准，并获得86.5分的高分，排全区第一，成为广西非

国内一流的广西首个井下避险硐室

煤矿山安全标准化标杆企业，被自治区树为"科技兴安"的典范。

铜矿公司是广西首家建成并投入使用安全避险"六大系统"的非煤矿山企业。

检查安全避险硐室

广西德保铜矿有限责任公司井下安全避险
"六大系统"部分设施

广西德保铜矿有限责任
公司生产调度指挥中心

广西德保铜矿有限责任公司生产调度指挥中心

职工上井

祝贺铜矿公司安全避险"六大系统"实战演练圆满成功现场

意气风发的矿工

广西德保铜矿有限责任公司领导井下指导工作

井下400多米深的候罐室，可供职工休息

绿色矿山

　　铜矿公司于2012年3月被国土资源部授予"国家级绿色矿山试点单位"称号，2015年11月正式通过国土资源部评审并获得"国家级绿色矿山"称号。

园林式生活区

休闲广场一角

生活区一角

公司廉租住房

生活区里人们其乐融融

生活区里人们休闲健身

广西德保铜矿有限责任公司所在区域山清水秀风景如画
（东河瀑布）

矿区公园一角

矿区相思林

领导关怀

矿区引得文人来

百色市诗联学会组织骨干成员到广西德保铜矿有限责任公司采风创作

　　2012年时任中共百色市委宣传部副部长刘序畅（右三）、赵文刊（右二）深入德保铜矿调研

　　百色市、县两级诗词创作人员与广西德保铜矿有限责任公司骨干座谈

企业荣誉

荣获百色市国资系统"内控管企促廉"工作先进集体

荣获广西"安全生产标准化二级企业（尾矿库）"荣誉称号

荣获"国家级绿色矿山"试点单位荣誉称号

荣获全国"模范职工之家"荣誉称号

荣获广西"清洁生产企业"荣誉称号

荣获全区2010—2012年度"先进基层党组织"荣誉称号

获得广西壮族自治区经济
效益杯劳动竞赛金杯

荣获广西壮族自治区"优
秀劳动关系和谐企业"荣誉称号

荣获自治区级"先进企业"
荣誉称号

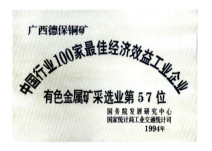

荣获中国行业100家最佳
经济效益工业企业"有色金属
采选业第57位"荣誉称号

丰富多彩的文化生活

广西德保铜矿齐心协力"大合唱"

广西戏剧院壮剧团深入广西德保铜矿有限责任公司慰问演出

中国地质大学艺术团与广西德保铜矿联欢

2011年"党在我心中"大合唱晚会

　　广西德保铜矿有限责任公司党委组织建党91周年大合唱比赛

　　广西德保铜矿有限责任公司组队参加德保县"铜矿杯"干部职工篮球赛

2012年中共百色市委宣传部组织文艺力量赴广西德保铜矿有限责任公司慰问演出

2012年百色市直宣传文化系统"送戏入矿"使企业文化锦上添花

2013年广西德保铜矿有限责任公司协办百色市首届"感动百色政法先锋"颁奖晚会

广西德保铜矿有限责任公司文艺队参加2013年德保县
迎春晚会表演舞蹈《矿工情》

2014年广西德保铜矿有限责任公司举办第一届"铜矿好声音"歌唱比赛

建矿五十周年文艺晚会上广西德保铜矿有限责任公司的智蓝公司党支部表演《最美是你》

建矿五十周年文艺晚会上公司幼儿园小朋友表演《一双小小手》

建矿五十周年文艺晚会上广西德保铜矿有限责任公司的智蓝公司党支部表演《竹林情歌》

建矿五十周年文艺晚会上广西德保铜矿有限责任公司领导与演员合影留念

建矿五十周年文艺晚会上广西德保铜矿有限责任公司后勤服务党支部表演《茶香中国》